# A PAIXÃO
# SEGUNDO G.H.

# lispector

## A PAIXÃO SEGUNDO G.H.

POSFÁCIO DE
LUIZ FERNANDO CARVALHO

Rocco

*Copyright* © 2019 *by* Paulo Gurgel Valente

Texto posfácio de Luiz Fernando Carvalho

Direitos desta edição reservados à
EDITORA ROCCO LTDA.
Rua Evaristo da Veiga, 65 – 11º andar
Passeio Corporate – Torre 1
20031-040 – Rio de Janeiro - RJ
tel.: (21) 3525-2000 – Fax: (21) 3525-2001
rocco@rocco.com.br
www.rocco.com.br

*Printed in Brazil*/Impresso no Brasil

*Preparação de originais*
Pedro Krap Vasquez

*Projeto gráfico*
Victor Burton e Anderson Junqueira

CIP-Brasil. Catalogação na publicação.
Sindicato Nacional dos Editores de Livros, RJ.

| | |
|---|---|
| L753p | Lispector, Clarice, 1920-1977 |
| | A paixão segundo G. H. / Clarice |
| | Lispector. – 1ª ed. – Rio de Janeiro : |
| | Rocco, 2020. |
| | "Inclui posfácio" |
| | ISBN 978-65-5532-006-0 |
| | ISBN 978-65-5595-005-2 (e-book) |
| | 1. Romance brasileiro. I. Título. |

| | |
|---|---|
| 20-64015 | CDD-869.3 |
| | CDU-82-31(81) |

Leandra Felix da Cruz Candido – Bibliotecária – CRB-7/6135

O texto deste livro obedece às normas
do Acordo Ortográfico da Língua Portuguesa.

Impressão e Acabamento Geográfica.

## A POSSÍVEIS LEITORES

*Este livro é como um livro qualquer.*
*Mas eu ficaria contente se fosse lido apenas*
*por pessoas de alma já formada.*
*Aquelas que sabem que a aproximação,*
*do que quer que seja, se faz gradualmente*
*e penosamente – atravessando inclusive*
*o oposto daquilo que se vai aproximar.*
*Aquelas pessoas que, só elas,*
*entenderão bem devagar que este livro*
*nada tira de ninguém.*
*A mim, por exemplo, o personagem G.H.*
*foi dando pouco a pouco uma alegria difícil;*
*mas chama-se alegria.*
*C. L.*

*"A complete life may be one ending
in so full identification with the nonself
that there is no self to die."*
BERNARD BERENSON

—————— estou procurando, estou procurando. Estou tentando entender. Tentando dar a alguém o que vivi e não sei a quem, mas não quero ficar com o que vivi. Não sei o que fazer do que vivi, tenho medo dessa desorganização profunda. Não confio no que me aconteceu. Aconteceu-me alguma coisa que eu, pelo fato de não a saber como viver, vivi uma outra? A isso quereria chamar desorganização, e teria a segurança de me aventurar, porque saberia depois para onde voltar: para a organização anterior. A isso prefiro chamar desorganização pois não quero me confirmar no que vivi – na confirmação de mim eu perderia o mundo como eu o tinha, e sei que não tenho capacidade para outro.

Se eu me confirmar e me considerar verdadeira, estarei perdida porque não saberei onde engastar meu novo modo de ser – se eu for adiante nas minhas visões fragmentárias, o mundo inteiro terá que se transformar para eu caber nele.

Perdi alguma coisa que me era essencial, e que já não me é mais. Não me é necessária, assim como se eu tivesse perdido uma terceira perna que até então me impossibilitava de andar mas que fazia de mim um tripé estável. Essa terceira perna eu perdi. E voltei a ser uma pessoa que nunca fui. Voltei a ter o que nunca tive: apenas as duas pernas. Sei que somente com duas pernas é que posso caminhar. Mas a ausência inútil da terceira me faz falta e me assusta, era ela que fazia de mim uma coisa encontrável por mim mesma, e sem sequer precisar me procurar.

Estou desorganizada porque perdi o que não precisava? Nesta minha nova covardia – a covardia é o que de mais novo já me aconteceu, é a minha maior aventura, essa minha covardia é um campo tão amplo que só a grande coragem me leva a aceitá-la –, na minha nova covardia, que é como acordar de manhã na casa de um estrangeiro, não sei se terei coragem de simplesmente ir. É difícil perder-se. É tão difícil que provavelmente arrumarei depressa um modo de me achar, mesmo que achar-me seja de novo a mentira de que vivo. Até agora achar-me era já ter uma ideia de pessoa e nela me engastar: nessa pessoa organizada eu me encarnava, e nem mesmo sentia o grande esforço de construção que era viver. A ideia que eu fazia de pessoa vinha de minha terceira perna, daquela que me plantava no chão. Mas e agora? estarei mais livre?

Não. Sei que ainda não estou sentindo livremente, que de novo penso porque tenho por objetivo achar – e que por segurança chamarei de achar o momento em que encontrar um meio de saída. Por que não tenho coragem de apenas achar um meio de entrada? Oh, sei que entrei, sim. Mas assustei-me porque não sei para onde dá essa entrada. E nunca antes eu me havia deixado levar, a menos que soubesse para o quê.

Ontem no entanto perdi durante horas e horas a minha montagem humana. Se tiver coragem, eu me deixarei continuar perdida. Mas tenho medo do que é novo e tenho medo de viver o que não entendo – quero sempre ter a garantia de pelo menos estar pensando que entendo, não sei me entregar à desorientação. Como é que se explica que o meu maior medo seja exatamente em relação: a ser? e no entanto não há outro caminho. Como se explica que o meu maior medo seja exatamente o de ir vivendo o que for sendo? como é que se explica que eu não tolere ver, só porque a vida não é o que eu pensava e sim outra – como se antes eu tivesse sabido o que era! Por que é que ver é uma tal desorganização?

É uma desilusão. Mas desilusão de quê? se, sem ao menos sentir, eu mal devia estar tolerando minha organização apenas construída? Talvez desilusão seja o medo de não pertencer mais a um sistema. No entanto se deveria dizer assim: ele está muito feliz porque finalmente foi desiludido. O que eu era antes não me era bom. Mas era desse não--bom que eu havia organizado o melhor: a esperança. De meu próprio mal eu havia criado um bem futuro. O medo agora é que meu novo modo não faça sentido? Mas por que não me deixo guiar pelo que for acontecendo? Terei que correr o sagrado risco do acaso. E substituirei o destino pela probabilidade.

No entanto na infância as descobertas terão sido como num laboratório onde se acha o que se achar? Foi como adulto então que eu tive medo e criei a terceira perna? Mas como adulto terei a coragem infantil de me perder? perder--se significa ir achando e nem saber o que fazer do que se for achando. As duas pernas que andam, sem mais a terceira que prende. E eu quero ser presa. Não sei o que fazer da aterradora liberdade que pode me destruir. Mas enquanto eu estava presa, estava contente? ou havia, e havia, aquela coisa sonsa e inquieta em minha feliz rotina de prisioneira? ou havia, e havia, aquela coisa latejando, a que eu estava tão habituada que pensava que latejar era ser uma pessoa. É? também, também. Fico tão assustada quando percebo que durante horas perdi minha formação humana. Não sei se terei uma outra para substituir a perdida. Sei que precisarei tomar cuidado para não usar sub-repticiamente uma nova terceira perna que em mim renasce fácil como capim, e a essa perna protetora chamar de "uma verdade".

Mas é que também não sei que forma dar ao que me aconteceu. E sem dar uma forma, nada me existe. E – e se a realidade é mesmo que nada existiu?! quem sabe nada me aconteceu? Só posso compreender o que me acontece mas só acontece o que eu compreendo – que sei do resto? o resto não existiu. Quem sabe nada existiu! Quem sabe me aconteceu apenas uma lenta e grande dissolução? E que minha luta contra essa desintegração está sendo esta: a de tentar agora dar-lhe uma forma? Uma forma contorna o caos, uma forma dá construção à substância amorfa – a visão de uma carne infinita é a visão dos loucos, mas se eu cortar a carne em pedaços e distribuí-los pelos dias e pelas fomes – então ela não será mais a perdição e a loucura: será de novo a vida humanizada.

A vida humanizada. Eu havia humanizado demais a vida.

Mas como faço agora? Devo ficar com a visão toda, mesmo que isso signifique ter uma verdade incompreensível? ou dou uma forma ao nada, e este será o meu modo de integrar em mim a minha própria desintegração? Mas estou tão pouco preparada para entender. Antes, sempre que eu havia tentado, meus limites me davam uma sensação física de incômodo, em mim qualquer começo de pensamento esbarra logo com a testa. Cedo fui obrigada a reconhecer, sem lamentar, os esbarros de minha pouca inteligência, e eu desdizia o caminho. Sabia que estava fadada a pensar pouco, raciocinar me restringia dentro de minha pele. Como pois inaugurar agora em mim o pensamento? e talvez só o pensamento me salvasse, tenho medo da paixão.

Já que tenho de salvar o dia de amanhã, já que tenho que ter uma forma porque não sinto força de ficar desorganizada, já que fatalmente precisarei enquadrar a monstruosa carne infinita e cortá-la em pedaços assimiláveis pelo tamanho de minha boca e pelo tamanho da visão de meus olhos, já que fatalmente sucumbirei à necessidade de forma que vem de meu pavor de ficar indelimitada – então que pelo menos eu tenha a coragem de deixar que essa forma se forme sozinha como uma crosta que por si mesma endurece, a nebulosa de fogo que se esfria em terra. E que eu tenha a grande coragem de resistir à tentação de inventar uma forma.

Esse esforço que farei agora por deixar subir à tona um sentido, qualquer que seja, esse esforço seria facilitado se eu fingisse escrever para alguém.

Mas receio começar a compor para poder ser entendida pelo alguém imaginário, receio começar a "fazer" um sentido, com a mesma mansa loucura que até ontem era o meu modo sadio de caber num sistema. Terei que ter a coragem de usar um coração desprotegido e de ir falando para o nada e para o ninguém? assim como uma criança pensa para o nada. E correr o risco de ser esmagada pelo acaso.

Não compreendo o que vi. E nem mesmo sei se vi, já que meus olhos terminaram não se diferenciando da coisa vista. Só por um inesperado tremor de linhas, só por uma anomalia na continuidade ininterrupta de minha civilização, é que por um átimo experimentei a vivificadora morte. A fina morte que me fez manusear o proibido tecido da vida. É proibido dizer o nome da vida. E eu quase o disse. Quase não me pude desembaraçar de seu tecido, o que seria a destruição dentro de mim de minha época.

Talvez o que me tenha acontecido seja uma compreensão – e que, para eu ser verdadeira, tenho que continuar a não estar à altura dela, tenho que continuar a não entendê-la. Toda compreensão súbita se parece muito com uma aguda incompreensão.

Não. Toda compreensão súbita é finalmente a revelação de uma aguda incompreensão. Todo momento de achar é um perder-se a si próprio. Talvez me tenha acontecido uma compreensão tão total quanto uma ignorância, e dela eu venha a sair intocada e inocente como antes. Qualquer entender meu nunca estará à altura dessa compreensão, pois viver é somente a altura a que posso chegar – meu único nível é viver. Só que agora, agora sei de um segredo. Que já estou esquecendo, ah sinto que já estou esquecendo...

Para sabê-lo de novo, precisaria agora remorrer. E saber será talvez o assassinato de minha alma humana. E não quero, não quero. O que ainda poderia me salvar seria uma entrega à nova ignorância, isso seria possível. Pois ao mesmo tempo que luto por saber, a minha nova ignorância, que é o esquecimento, tornou-se sagrada. Sou a vestal de um segredo que não sei mais qual foi. E sirvo ao perigo esquecido. Soube o que não pude entender, minha boca ficou selada, e só me restaram os fragmentos incompreensíveis de um ritual. Embora pela primeira vez eu sinta que meu esquecimento esteja enfim ao nível do mundo. Ah, e nem ao menos quero que me seja explicado aquilo que para ser explicado teria que sair de si mesmo. Não quero que me seja explicado o que de novo precisaria da validação humana para ser interpretado.

Vida e morte foram minhas, e eu fui monstruosa. Minha coragem foi a de um sonâmbulo que simplesmente vai. Durante as horas de perdição tive a coragem de não compor nem organizar. E sobretudo a de não prever. Até então eu não tivera a coragem de me deixar guiar pelo que não conheço e em direção ao que não conheço: minhas previsões condicionavam de antemão o que eu veria. Não eram as antevisões da visão: já tinham o tamanho de meus cuidados. Minhas previsões me fechavam o mundo.

Até que por horas desisti. E, por Deus, tive o que eu não gostaria. Não foi ao longo de um vale fluvial que andei – eu sempre pensara que encontrar seria fértil e úmido como vales fluviais. Não contava que fosse esse grande desencontro.

Para que eu continue humana meu sacrifício será o de esquecer? Agora saberei reconhecer na face comum de algumas pessoas que – que elas esqueceram. E nem sabem mais que esqueceram o que esqueceram.

Eu vi. Sei que vi porque não dei ao que vi o meu sentido. Sei que vi – porque não entendo. Sei que vi – porque para nada serve o que vi. Escuta, vou ter que falar porque não sei o que fazer de ter vivido. Pior ainda: não quero o que vi. O que vi arrebenta a minha vida diária. Desculpa eu te dar isto, eu bem queria ter visto coisa melhor. Toma o que vi, livra-me de minha inútil visão, e de meu pecado inútil.

Estou tão assustada que só poderei aceitar que me perdi se imaginar que alguém me está dando a mão.

Dar a mão a alguém sempre foi o que esperei da alegria. Muitas vezes antes de adormecer – nessa pequena luta por não perder a consciência e entrar no mundo maior – muitas vezes, antes de ter a coragem de ir para a grandeza do sono, finjo que alguém está me dando a mão e então vou, vou para a enorme ausência de forma que é o sono. E quando mesmo assim não tenho coragem, então eu sonho.

Ir para o sono se parece tanto com o modo como agora tenho de ir para a minha liberdade. Entregar-me ao que não entendo será pôr-me à beira do nada. Será ir apenas indo, e como uma cega perdida num campo. Essa coisa sobrenatural que é viver. O viver que eu havia domesticado para torná-lo familiar. Essa coisa corajosa que será entregar-me, e que é como dar a mão à mão mal-assombrada do Deus, e entrar por essa coisa sem forma que é um paraíso. Um paraíso que não quero!

Enquanto escrever e falar vou ter que fingir que alguém está segurando a minha mão.

Oh pelo menos no começo, só no começo. Logo que puder dispensá-la, irei sozinha. Por enquanto preciso segurar esta tua mão – mesmo que não consiga inventar teu rosto e teus olhos e tua boca. Mas embora decepada, esta mão não me assusta. A invenção dela vem de tal ideia de amor como se a mão estivesse realmente ligada a um corpo que, se não vejo, é por incapacidade de amar mais. Não estou à altura de imaginar uma pessoa inteira porque não sou uma pessoa inteira. E como imaginar um rosto se não sei de que expressão de rosto preciso? Logo que puder dispensar tua mão quente, irei sozinha e com horror. O horror será a minha responsabilidade até que se complete a metamorfose e que o horror se transforme em claridade. Não a claridade que nasce de um desejo de beleza e moralismo, como antes mesmo sem saber eu me propunha; mas a claridade natural do que existe, e é essa claridade natural o que me aterroriza. Embora eu saiba que o horror – o horror sou eu diante das coisas.

Por enquanto estou inventando a tua presença, como um dia também não saberei me arriscar a morrer sozinha, morrer é do maior risco, não saberei passar para a morte e pôr o primeiro pé na primeira ausência de mim – também nessa hora última e tão primeira inventarei a tua presença desconhecida e contigo começarei a morrer até poder aprender sozinha a não existir, e então eu te libertarei. Por enquanto eu te prendo, e tua vida desconhecida e quente está sendo a minha única íntima organização, eu que sem a tua mão me sentiria agora solta no tamanho enorme que descobri. No tamanho da verdade?

Mas é que a verdade nunca me fez sentido. A verdade não me faz sentido! É por isso que eu a temia e a temo. Desamparada, eu te entrego tudo – para que faças disso uma coisa alegre. Por te falar eu te assustarei e te perderei? mas se eu não falar eu me perderei, e por me perder eu te perderia.

A verdade não faz sentido, a grandeza do mundo me encolhe. Aquilo que provavelmente pedi e finalmente tive, veio no entanto me deixar carente como uma criança que anda sozinha pela terra. Tão carente que só o amor de todo o universo por mim poderia me consolar e me cumular, só um tal amor que a própria célula-ovo das coisas vibrasse com o que estou chamando de um amor. Daquilo a que na verdade apenas chamo mas sem saber-lhe o nome.

Terá sido o amor o que vi? Mas que amor é esse tão cego como o de uma célula-ovo? foi isso? aquele horror, isso era amor? amor tão neutro que – não, não quero ainda me falar, falar agora seria precipitar um sentido como quem depressa se imobiliza na segurança paralisadora de uma terceira perna. Ou estarei apenas adiando o começar a falar? por que não digo nada e apenas ganho tempo? Por medo. É preciso coragem para me aventurar numa tentativa de concretização do que sinto. É como se eu tivesse uma moeda e não soubesse em que país ela vale.

Será preciso coragem para fazer o que vou fazer: dizer. E me arriscar à enorme surpresa que sentirei com a pobreza da coisa dita. Mal a direi, e terei que acrescentar: não é isso, não é isso! Mas é preciso também não ter medo do ridículo, eu sempre preferi o menos ao mais por medo também do ridículo: é que há também o dilaceramento do pudor. Adio a hora de me falar. Por medo?

E porque não tenho uma palavra a dizer.

Não tenho uma palavra a dizer. Por que não me calo, então? Mas se eu não forçar a palavra a mudez me engolfará para sempre em ondas. A palavra e a forma serão a tábua onde boiarei sobre vagalhões de mudez.

E se estou adiando começar é também porque não tenho guia. O relato de outros viajantes poucos fatos me oferecem a respeito da viagem: todas as informações são terrivelmente incompletas.

Sinto que uma primeira liberdade está pouco a pouco me tomando... Pois nunca até hoje temi tão pouco a falta de bom gosto: escrevi "vagalhões de mudez", o que antes eu não diria porque sempre respeitei a beleza e a sua moderação intrínseca. Disse "vagalhões de mudez", meu coração se inclina humilde, e eu aceito. Terei enfim perdido todo um sistema de bom gosto? Mas será este o meu ganho único? Quanto eu devia ter vivido presa para sentir-me agora mais livre somente por não recear mais a falta de estética... Ainda não pressinto o que mais terei ganho. Aos poucos, quem sabe, irei percebendo. Por enquanto o primeiro prazer tímido que estou tendo é o de constatar que perdi o medo do feio. E essa perda é de uma tal bondade. É uma doçura.

Quero saber o que mais, ao perder, eu ganhei. Por enquanto não sei: só ao me reviver é que vou viver.

Mas como me reviver? Se não tenho uma palavra natural a dizer. Terei que fazer a palavra como se fosse criar o que me aconteceu?

Vou criar o que me aconteceu. Só porque viver não é relatável. Viver não é vivível. Terei que criar sobre a vida. E sem mentir. Criar sim, mentir não. Criar não é imaginação, é correr o grande risco de se ter a realidade. Entender é uma criação, meu único modo. Precisarei com esforço traduzir sinais de telégrafo – traduzir o desconhecido para uma língua que desconheço, e sem sequer entender para que valem os sinais. Falarei nessa linguagem sonâmbula que se eu estivesse acordada não seria linguagem.

Até criar a verdade do que me aconteceu. Ah, será mais um grafismo que uma escrita, pois tento mais uma reprodução do que uma expressão. Cada vez preciso menos me exprimir. Também isto perdi? Não, mesmo quando eu fazia esculturas eu já tentava apenas reproduzir, e apenas com as mãos.

Ficarei perdida entre a mudez dos sinais? Ficarei, pois sei como sou: nunca soube ver sem logo precisar mais do que ver. Sei que me horrorizarei como uma pessoa que fosse cega e enfim abrisse os olhos e enxergasse – mas enxergasse o quê? um triângulo mudo e incompreensível. Poderia essa pessoa não se considerar mais cega só por estar vendo um triângulo incompreensível?

Eu me pergunto: se eu olhar a escuridão com uma lente, verei mais que a escuridão? a lente não devassa a escuridão, apenas a revela ainda mais. E se eu olhar a claridade com uma lente, com um choque verei apenas a claridade maior. Enxerguei mas estou tão cega quanto antes porque enxerguei um triângulo incompreensível. A menos que eu também me transforme no triângulo que reconhecerá no incompreensível triângulo a minha própria fonte e repetição.

Estou adiando. Sei que tudo o que estou falando é só para adiar – adiar o momento em que terei que começar a dizer, sabendo que nada mais me resta a dizer. Estou adiando o meu silêncio. A vida toda adiei o silêncio? mas agora, por desprezo pela palavra, talvez enfim eu possa começar a falar.

Os sinais de telégrafo. O mundo eriçado de antenas, e eu captando o sinal. Só poderei fazer a transcrição fonética. Há três mil anos desvairei-me, e o que restaram foram fragmentos fonéticos de mim. Estou mais cega do que antes. Vi, sim. Vi, e me assustei com a verdade bruta de um mundo cujo maior horror é que ele é tão vivo que, para admitir que estou tão viva quanto ele – e minha pior descoberta é que estou tão viva quanto ele – terei que alçar minha consciência de vida exterior a um ponto de crime contra a minha vida pessoal.

Para a minha anterior moralidade profunda – minha moralidade era o desejo de entender e, como eu não entendia, eu arrumava as coisas, foi só ontem e agora que descobri que sempre fora profundamente moral: eu só admitia a finalidade – para a minha profunda moralidade anterior, eu ter descoberto que estou tão cruamente viva quanto essa crua luz que ontem aprendi, para aquela minha moralidade, a glória dura de estar viva é o horror. Eu antes vivia de um mundo humanizado, mas o puramente vivo derrubou a moralidade que eu tinha?

É que um mundo todo vivo tem a força de um Inferno.

que um mundo todo vivo tem a força de um Inferno.

Ontem de manhã – quando saí da sala para o quarto da empregada – nada me fazia supor que eu estava a um passo da descoberta de um império. A um passo de mim. Minha luta mais primária pela vida mais primária ia-se abrir com a tranquila ferocidade devoradora dos animais do deserto. Eu ia me defrontar em mim com um grau de vida tão primeiro que estava próximo do inanimado. No entanto nenhum gesto meu era indicativo de que eu, com os lábios secos pela sede, ia existir.

Só depois é que me ocorreria uma frase antiga que tolamente se gravara há anos na minha memória, apenas o subtítulo de um artigo numa revista e que eu terminara por não ler: "Perdida no inferno abrasador de um canyon uma mulher luta desesperadamente pela vida". Nada me fazia supor ao que eu ia. Mas é que nunca fui capaz de perceber as coisas se encaminhando; todas as vezes que elas chegavam a um ápice, me parecia com surpresa um rompimento, explosão dos instantes, com data, e não a continuação de uma ininterrupção.

Naquela manhã, antes de entrar no quarto, o que era eu? Era o que os outros sempre me haviam visto ser, e assim eu me conhecia. Não sei dizer o que eu era. Mas quero ao menos me lembrar: que estava eu fazendo?

Eram quase dez horas da manhã, e há muito tempo meu apartamento não me pertencia tanto. No dia anterior a empregada se despedira. O fato de ninguém falar ou andar e poder provocar acontecimentos alargava em silêncio esta casa onde em semiluxo eu vivo. Atardava-me à mesa do café – como está sendo difícil saber como eu era. No entanto tenho que fazer o esforço de pelo menos me dar uma forma anterior para poder entender o que aconteceu ao ter perdido essa forma.

Eu me atardava à mesa do café, fazendo bolinhas de miolo de pão – era isso? Preciso saber, preciso saber o que eu era! Eu era isto: eu fazia distraidamente bolinhas redondas com miolo de pão, e minha última e tranquila ligação amorosa dissolvera-se amistosamente com um afago, eu ganhando de novo o gosto ligeiramente insípido e feliz da liberdade. Isto me situa? Sou agradável, tenho amizades sinceras, e ter consciência disso faz com que eu tenha por mim uma amizade aprazível, o que nunca excluiu um certo sentimento irônico por mim mesma, embora sem perseguições.

Mas – como era antes o meu silêncio, é o que não sei e nunca soube. Às vezes, olhando um instantâneo tirado na praia ou numa festa, percebia com leve apreensão irônica o que aquele rosto sorridente e escurecido me revelava: um silêncio. Um silêncio e um destino que me escapavam, eu, fragmento hieroglífico de um império morto ou vivo. Ao olhar o retrato eu via o mistério. Não. Vou perder o resto do medo do mau gosto, vou começar meu exercício de coragem, viver não é coragem, saber que se vive é a coragem – e vou dizer que na minha fotografia eu via O Mistério. A surpresa me tomava de leve, só agora estou sabendo que era uma surpresa o que me tomava: é que nos olhos sorridentes havia um silêncio como só vi em lagos, e como só ouvi no silêncio mesmo.

Nunca, então, havia eu de pensar que um dia iria de encontro a este silêncio. Ao estilhaçamento do silêncio. Olhava de relance o rosto fotografado e, por um segundo, naquele rosto inexpressivo o mundo me olhava de volta também inexpressivo. Este – apenas esse – foi o meu maior contato comigo mesma? o maior aprofundamento mudo a que cheguei, minha ligação mais cega e direta com o mundo. O resto – o resto eram sempre as organizações de mim mesma, agora sei, ah, agora eu sei. O resto era o modo como pouco a pouco eu havia me transformado na pessoa que tem o meu nome. E acabei sendo o meu nome. É suficiente ver no couro de minhas valises as iniciais G.H., e eis-me. Também dos outros eu não exigia mais do que a primeira cobertura das iniciais dos nomes. Além do mais a "psicologia" nunca me interessou. O olhar psicológico me impacientava e me impacienta, é um instrumento que só transpassa. Acho que desde a adolescência eu havia saído do estágio do psicológico.

A G.H. vivera muito, quero dizer, vivera muitos fatos. Quem sabe eu tive de algum modo pressa de viver logo tudo o que eu tivesse a viver para que me sobrasse tempo de... de viver sem fatos? de viver. Cumpri cedo os deveres de meus sentidos, tive cedo e rapidamente dores e alegrias – para ficar depressa livre do meu destino humano menor? e ficar livre para buscar a minha tragédia.

Minha tragédia estava em alguma parte. Onde estava o meu destino maior? um que não fosse apenas o enredo de minha vida. A tragédia – que é a aventura maior – nunca se realizara em mim. Só o meu destino pessoal era o que eu conhecia. E o que eu queria.

Em torno de mim espalho a tranquilidade que vem de se chegar a um grau de realização a ponto de se ser G.H. até nas valises. Também para a minha chamada vida interior eu adotara sem sentir a minha reputação: eu me trato como as pessoas me tratam, sou aquilo que de mim os outros veem. Quando eu ficava sozinha não havia uma queda, havia apenas um grau a menos daquilo que eu era com os outros, e isso sempre foi a minha naturalidade e a minha saúde. E a minha espécie de beleza. Só meus retratos é que fotografavam um abismo? um abismo.

Um abismo de nada. Só essa coisa grande e vazia: um abismo.

Ajo como o que se chama de pessoa realizada. Ter feito escultura durante um tempo indeterminado e intermiten- te também me dava um passado e um presente que fazia com que os outros me situassem: a mim se referem como a alguém que faz esculturas que não seriam más se tivesse havido menos amadorismo. Para uma mulher essa reputação é socialmente muito, e situou-me, tanto para os outros como para mim mesma, numa zona que socialmente fica entre mulher e homem. O que me deixava muito mais livre para ser mulher, já que eu não me ocupava formalmente em sê-lo.

Quanto à minha chamada vida íntima, talvez também tenha sido a escultura esporádica o que lhe deu um leve tom de pré-clímax – talvez por causa do uso de um certo tipo de atenção a que mesmo a arte diletante obriga. Ou por ter passado pela experiência de desgastar pacientemente a matéria até gradativamente encontrar sua escultura imanen- te; ou por ter tido, através ainda da escultura, a objetividade forçada de lidar com aquilo que já não era eu.

Tudo isso me deu o leve tom de pré-clímax de quem sabe que, auscultando os objetos, algo desses objetos virá que me será dado e por sua vez dado de volta aos objetos. Talvez tenha sido esse tom de pré-clímax o que eu via na sorridente fotografia mal-assombrada de um rosto cuja palavra é um silêncio inexpressivo, todos os retratos de pessoas são um retrato de Mona Lisa.

E é só o que posso dizer a meu respeito? Ser "sincera"? Relativamente sou. Não minto para formar verdades falsas. Mas usei demais as verdades como pretexto. A verdade como pretexto para mentir? Eu poderia relatar a mim mesma o que me lisonjeasse, e também fazer o relato da sordidez. Mas tenho que tomar cuidado de não confundir defeitos com verdades. Tenho medo daquilo a que me levaria uma sinceridade: à minha chamada nobreza, que omito, à minha chamada sordidez, que também omito. Quanto mais sincera eu fosse, mais seria levada a me lisonjear tanto com as ocasionais nobrezas como sobretudo com a ocasional sordidez. A sinceridade só não me levaria a me vangloriar da mesquinhez. Essa eu omito, e não só por falta do autoperdão, eu que me perdoei tudo o que foi grave e maior em mim. A mesquinhez eu também a omito porque a confissão me é muitas vezes uma vaidade, mesmo a confissão penosa.

Não é que eu queira estar pura da vaidade, mas preciso ter o campo ausente de mim para poder andar. Se eu andar. Ou não querer ter vaidade é a pior forma de se envaidecer? Não, acho que estou precisando de olhar sem que a cor de meus olhos importe, preciso ficar isenta de mim para ver.

E é isso tudo o que eu era? Quando abro a porta a uma visita inesperada, o que surpreendo no rosto de quem está me vendo à porta é que acabam de surpreender em mim meu suave pré-clímax. O que os outros recebem de mim reflete-

-se então de volta para mim, e forma a atmosfera do que se chama: eu. O pré-clímax foi talvez até agora a minha existência. A outra – a incógnita e anônima – essa outra minha existência que era apenas profunda, era o que provavelmente me dava a segurança de quem tem sempre na cozinha uma chaleira em fogo baixo: para o que desse e viesse, eu teria a qualquer momento água fervendo.

Só que a água nunca fervera. Eu não precisava de violência, eu fervilhava o suficiente para a água nunca ferver nem derramar. Não, eu não conhecia a violência. Eu nascera sem missão, minha natureza não me impunha nenhuma; e sempre tive a mão bastante delicada para não me impor um papel. Eu não me impunha um papel mas me organizara para ser compreendida por mim, não suportaria não me encontrar no catálogo. Minha pergunta, se havia, não era: "que sou", mas "entre quais eu sou". Meu ciclo era completo: o que eu vivia no presente já se condicionava para que eu pudesse posteriormente me entender. Um olho vigiava a minha vida. A esse olho ora provavelmente eu chamava de verdade, ora de moral, ora de lei humana, ora de Deus, ora de mim. Eu vivia mais dentro de um espelho. Dois minutos depois de nascer eu já havia perdido as minhas origens.

Um passo antes do clímax, um passo antes da revolução, um passo antes do que se chama amor. Um passo antes de minha vida – que, por uma espécie de forte ímã ao contrário, eu não transformava em vida; e também por uma vontade de ordem. Há um mau gosto na desordem de viver. E mesmo eu nem saberia, se tivesse desejado, transformar esse passo latente em passo real. Pelo prazer por uma coesão harmoniosa, pelo prazer avaro e permanentemente promissor de ter mas não gastar – eu não precisava do clímax ou da revolução ou de mais do que o pré-amor, que é tão mais feliz que amor. A promessa me bastava? Uma promessa me bastava.

Quem sabe essa atitude ou falta de atitude também tenha vindo de eu, nunca tendo tido marido ou filhos, não ter precisado, como se diz, manter ou quebrar grilhões: eu era continuamente livre. Ser continuamente livre também era ajudado pela minha natureza que é fácil: como e bebo e durmo fácil. E também, é claro, minha liberdade vinha de eu ser financeiramente independente.

Da escultura, suponho, veio meu jeito de só pensar na hora de pensar, pois eu aprendera a só pensar com as mãos e na hora de usá-las. Também da escultura intermitente ficara--me o hábito do prazer, a que por natureza eu já tendia: meus olhos tanto haviam manuseado a forma das coisas que eu fora aprendendo cada vez mais o prazer, e enraizando-me nele. Eu podia, com muito menos do que eu era, eu já podia usar tudo: exatamente como ontem, à mesa do café, me bastava, para formar formas redondas de miolo de pão, a superfície de meus dedos e a superfície do miolo de pão. Para ter o que eu tinha eu nunca precisara nem de dor nem de talento. O que eu tinha não me era conquista, era dom.

E quanto a homens e mulheres, que era eu? Sempre tive uma admiração extremamente afetuosa por hábitos e jeitos masculinos, e sem urgência tinha o prazer de ser feminina, ser feminina também me foi um dom. Só tive a facilidade dos dons, e não o espanto das vocações – é isso?

Da mesa onde me atardava porque tinha tempo, eu olhava em torno enquanto os dedos arredondavam o miolo de pão. O mundo era um lugar. Que me servia para viver: no mundo eu podia colar uma bolinha de miolo na outra, bastava justapô-las, e, sem mesmo forçar, bastava pressioná--las o suficiente para que uma superfície se unisse a outra superfície, e assim com prazer eu ia formando uma pirâmide curiosa que me satisfazia: um triângulo reto feito de formas redondas, uma forma que é feita de suas formas opostas. Se isso me tinha um sentido, o miolo de pão e meus dedos provavelmente sabiam.

O apartamento me reflete. É no último andar, o que é considerado uma elegância. Pessoas de meu ambiente procuram morar na chamada "cobertura". É bem mais que uma elegância. É um verdadeiro prazer: de lá domina-se uma cidade. Quando essa elegância se vulgarizar, eu, sem sequer saber por que, me mudarei para outra elegância? Talvez. Como eu, o apartamento tem penumbras e luzes úmidas, nada aqui é brusco: um aposento precede e promete o outro. Da minha sala de jantar eu via as misturas de sombras que preludiavam o *living*. Tudo aqui é a réplica elegante, irônica e espirituosa de uma vida que nunca existiu em parte alguma: minha casa é uma criação apenas artística.

Tudo aqui se refere na verdade a uma vida que se fosse real não me serviria. O que decalca ela, então? Real, eu não a entenderia, mas gosto da duplicata e a entendo. A cópia é sempre bonita. O ambiente de pessoas semiartísticas e artísticas em que vivo deveria, no entanto, me fazer desvalorizar as cópias: mas sempre pareci preferir a paródia, ela me servia. Decalcar uma vida provavelmente me dava – ou dá ainda? até que ponto se rebentou a harmonia de meu passado? – decalcar uma vida provavelmente me dava segurança exatamente por essa vida não ser minha: ela não me era uma responsabilidade.

O leve prazer geral – que parece ter sido o tom em que vivo ou vivia – talvez viesse de que o mundo não era eu nem meu: eu podia usufruí-lo. Assim como também aos homens eu não os havia feito meus, e podia então admirá-los e sinceramente amá-los, como se ama sem egoísmos, como se ama a uma ideia. Não sendo meus, eu nunca os torturava.

Como se ama a uma ideia. A espirituosa elegância de minha casa vem de que tudo aqui está entre aspas. Por honestidade com uma verdadeira autoria, eu cito o mundo, eu o citava, já que ele não era nem eu nem meu. A beleza, como a todo o mundo, uma certa beleza era o meu objetivo? eu vivia em beleza?

Quanto a mim mesma, sem mentir nem ser verdadeira – como naquele momento em que ontem de manhã estava sentada à mesa do café – quanto a mim mesma, sempre conservei uma aspa à esquerda e outra à direita de mim. De algum modo "como se não fosse eu" era mais amplo do que se fosse – uma vida inexistente me possuía toda e me ocupava como uma invenção. Somente na fotografia, ao revelar-se o negativo, revelava-se algo que, inalcançado por mim, era alcançado pelo instantâneo: ao revelar-se o negativo também se revelava a minha presença de ectoplasma. Fotografia é o retrato de um côncavo, de uma falta, de uma ausência?

Enquanto eu mesma era, mais do que limpa e correta, era uma réplica bonita. Pois tudo isso é o que provavelmente me torna generosa e bonita. Basta o olhar de um homem experimentado para que ele avalie que eis uma mulher de generosidade e graça, e que não dá trabalho, e que não rói um homem: mulher que sorri e ri. Respeito o prazer alheio, e delicadamente eu como o meu prazer, o tédio me alimenta e delicadamente me come, o doce tédio de uma lua de mel.

Essa imagem de mim entre aspas me satisfazia, e não apenas superficialmente. Eu era a imagem do que eu não era, e essa imagem do não-ser me cumulava toda: um dos modos mais fortes é ser negativamente. Como eu não sabia o que era, então "não ser" era a minha maior aproximação da verdade: pelo menos eu tinha o lado avesso: eu pelo menos tinha o "não", tinha o meu oposto. O meu bem eu não sabia qual era, então vivia com algum pré-fervor o que era o meu "mal".

E vivendo o meu "mal", eu vivia o lado avesso daquilo que nem sequer eu conseguiria querer ou tentar. Assim como quem segue à risca e com amor uma vida de "devassidão", e pelo menos tem o oposto do que não conhece nem pode nem quer: uma vida de freira. Só agora sei que eu já tinha tudo, embora do modo contrário: eu me dedicava a cada detalhe do não. Detalhadamente não sendo, eu me provava que – que eu era.

Esse modo de não ser era tão mais agradável, tão mais limpo: pois, sem estar agora sendo irônica, sou uma mulher de espírito. E de corpo espirituoso. À mesa do café eu me enquadrava com meu robe branco, meu rosto limpo e bem esculpido, e um corpo simples. De mim irradiava-se a espécie de bondade que vem da indulgência pelos próprios prazeres e pelos prazeres dos outros. Eu comia delicadamente o meu, e delicadamente enxugava a boca com o guardanapo.

Esse ela, G.H. no couro das valises, era eu; sou eu – ainda? Não. Desde já calculo que aquilo que de mais duro minha vaidade terá de enfrentar será o julgamento de mim mesma: terei toda a aparência de quem falhou, e só eu saberei se foi a falha necessária.

ó eu saberei se foi a falha necessária.

Levantei-me enfim da mesa do café, essa mulher. Não ter naquele dia nenhuma empregada iria me dar o tipo de atividade que eu queria: o de arrumar. Sempre gostei de arrumar. Suponho que esta seja a minha única vocação verdadeira. Ordenando as coisas, eu crio e entendo ao mesmo tempo. Mas tendo aos poucos, por meio de dinheiro razoavelmente bem investido, enriquecido o suficiente, isso impediu-me de usar essa minha vocação: não pertencesse eu por dinheiro e por cultura à classe a que pertenço, e teria normalmente tido o emprego de arrumadeira numa grande casa de ricos, onde há muito o que arrumar. Arrumar é achar a melhor forma. Tivesse eu sido empregada-arrumadeira, e nem sequer teria precisado do amadorismo da escultura; se com minhas mãos eu tivesse podido largamente arrumar. Arrumar a forma?

O prazer sempre interdito de arrumar uma casa me era tão grande que, ainda quando sentada à mesa, eu já começara a ter prazer no mero planejar. Olhara o apartamento: por onde começaria?

E também para que depois, na sétima hora como no sétimo dia, ficasse livre para descansar e ter um resto de dia de calma. Calma quase sem alegria, o que me seria um bom equilíbrio: com as horas de escultura eu aprendera a calma quase sem alegria. Na semana anterior eu me divertira demais, frequentara demais, tivera por demais de tudo o que quisera, e desejava agora aquele dia exatamente como ele se prometia: pesado e bom e vazio. Dele eu faria o mais longo possível.

Começaria talvez por arrumar pelo fim do apartamento: o quarto da empregada devia estar imundo, na sua dupla função de dormida e depósito de trapos, malas velhas, jornais antigos, papéis de embrulho e barbantes inúteis. Eu o deixaria limpo e pronto para a nova empregada. Depois, da cauda do apartamento, iria aos poucos "subindo" horizontalmente até o seu lado oposto que era o *living*, onde – como se eu própria fosse o ponto final da arrumação e da manhã – leria o jornal, deitada no sofá, e provavelmente adormecendo. Se o telefone não tocasse.

Pensando melhor, resolvi tirar o telefone do gancho e assim estava segura de que nada me perturbaria.

Como direi agora que já então eu começara a ver o que só seria evidente depois? sem saber, eu já estava na antessala do quarto. Já começava a ver e não sabia; vi desde que nasci e não sabia, não sabia.

Dá-me a tua mão desconhecida, que a vida está me doendo, e não sei como falar – a realidade é delicada demais, só a realidade é delicada, minha irrealidade e minha imaginação são mais pesadas.

Decidida a começar a arrumar pelo quarto da empregada, atravessei a cozinha que dá para a área de serviço. No fim da área está o corredor onde se acha o quarto. Antes, porém, encostei-me à murada da área para acabar de fumar o cigarro.

Olhei para baixo: treze andares caíam do edifício. Eu não sabia que tudo aquilo já fazia parte do que ia acontecer. Mil vezes antes o movimento provavelmente começara e depois se perdera. Dessa vez o movimento iria ao fim, e eu não pressentia.

Olhei a área interna, o fundo dos apartamentos para os quais o meu apartamento também se via como fundos. Por fora meu prédio era branco, com lisura de mármore e lisura de superfície. Mas por dentro a área interna era um amontoado oblíquo de esquadrias, janelas, cordames e enegrecimentos de chuvas, janela arreganhada contra janela, bocas olhando bocas. O bojo de meu edifício era como uma usina. A miniatura da grandeza de um panorama de gargantas e canyons: ali fumando, como se estivesse no pico de uma montanha, eu olhava a vista, provavelmente com o mesmo olhar inexpressivo de minhas fotografias.

Eu via o que aquilo dizia: aquilo não dizia nada. E recebia com atenção esse nada, recebia-o com o que havia dentro de meus olhos nas fotografias; só agora sei de como sempre estive recebendo o sinal mudo. Eu olhava o interior da área. Aquilo tudo era de uma riqueza inanimada que lembrava a da natureza: também ali poder-se-ia pesquisar urânio e dali poderia jorrar petróleo.

Eu estava vendo o que só teria sentido mais tarde – quero dizer, só mais tarde teria uma profunda falta de sentido. Só depois é que eu ia entender: o que parece falta de sentido – é o sentido. Todo momento de "falta de sentido" é exatamente a assustadora certeza de que ali há o sentido, e que não somente eu não alcanço, como não quero porque não tenho garantias. A falta de sentido só iria me assaltar mais tarde. Tomar consciência da falta de um sentido teria sido sempre o meu modo negativo de sentir o sentido? fora a minha participação.

O que eu estava vendo naquele monstruoso interior de máquina, que era a área interna do meu edifício, o que eu estava vendo eram coisas feitas, eminentemente práticas e com finalidade prática. Mas algo da natureza terrível geral – que mais tarde eu experimentaria em mim –, algo da natureza fatal saíra fatalmente das mãos da centena dos operários práticos que havia trabalhado canos de água e de esgoto, sem nenhum saber que estava erguendo aquela ruína egípcia para a qual eu agora olhava com o olhar de minhas fotografias de praia. Só depois eu saberia que tinha visto; só depois, ao ver o segredo, reconheci que já o vira.

Joguei o cigarro aceso para baixo e recuei um passo, esperando esperta que nenhum vizinho me associasse ao gesto proibido pela portaria do edifício. Depois, com cuidado, avancei apenas a cabeça e olhei: não podia adivinhar sequer onde o cigarro caíra. O despenhadeiro engolira-o em silêncio. Estava eu ali pensando? pelo menos pensava em nada. Ou talvez na hipótese de algum vizinho me ter visto fazer o gesto proibido, que sobretudo não combinava com a mulher educada que sou, o que me fazia sorrir.

Depois dirigi-me ao corredor escuro que se segue à área.

epois dirigi-me ao corredor escuro que se segue à área.

No corredor, que finaliza o apartamento, duas portas indistintas na sombra se defrontam: a da saída de serviço e a do quarto de empregada. O *bas-fond* de minha casa. Abri a porta para o amontoado de jornais e para as escuridões da sujeira e dos guardados.

Mas ao abrir a porta meus olhos se franziram em reverberação e desagrado físico.

É que em vez da penumbra confusa que esperara, eu esbarrava na visão de um quarto que era um quadrilátero de branca luz; meus olhos se protegeram franzindo-se.

Há cerca de seis meses – o tempo que aquela empregada ficara comigo – eu não entrava ali, e meu espanto vinha de deparar com um quarto inteiramente limpo.

Esperara encontrar escuridões, preparara-me para ter que abrir escancaradamente a janela e limpar com ar fresco o escuro mofado. Não contara é que aquela empregada, sem me dizer nada, tivesse arrumado o quarto à sua maneira, e numa ousadia de proprietária o tivesse espoliado de sua função de depósito.

Da porta eu via agora um quarto que tinha uma ordem calma e vazia. Na minha casa fresca, aconchegada e úmida, a criada sem me avisar abrira um vazio seco. Tratava-se agora de um aposento todo limpo e vibrante como num hospital de loucos onde se retiram os objetos perigosos.

Ali, pelo oco criado, concentrava-se agora a reverberação das telhas, dos terraços de cimento, das antenas erectas de todos os edifícios vizinhos e do reflexo de mil vidraças de prédios. O quarto parecia estar em nível incomparavelmente acima do próprio apartamento.

Como um minarete. Começara então a minha primeira impressão de minarete, solto acima de uma extensão ilimitada. Dessa impressão eu só percebia por enquanto meu desagrado físico.

O quarto não era um quadrilátero regular: dois de seus ângulos eram ligeiramente mais abertos. E embora esta fosse a sua realidade material, ela me vinha como se fosse minha visão que o deformasse. Parecia a representação, num papel, do modo como eu poderia ver um quadrilátero: já deformado nas suas linhas de perspectivas. A solidificação de um erro de visão, a concretização de uma ilusão de ótica. Não ser inteiramente regular nos seus ângulos dava-lhe uma impressão de fragilidade de base como se o quarto-minarete não estivesse incrustado no apartamento nem no edifício.

Da porta eu via o sol fixo cortando com uma nítida linha de sombra negra o teto pelo meio e o chão pelo terço. Durante seis meses um sol permanente havia empenado o guarda-roupa de pinho e desnudava em mais branco ainda as paredes caiadas.

E foi numa das paredes que num movimento de surpresa e recuo vi o inesperado mural.

Na parede caiada, contígua à porta – e por isso eu ainda não o tinha visto – estava quase em tamanho natural o contorno a carvão de um homem nu, de uma mulher nua, e de um cão que era mais nu do que um cão. Nos corpos não estavam desenhados o que a nudez revela, a nudez vinha apenas da ausência de tudo o que cobre: eram os contornos de uma nudez vazia. O traço era grosso, feito com ponta quebrada de carvão. Em alguns trechos o risco se tornava duplo como se um traço fosse o tremor do outro. Um tremor seco de carvão seco.

A rigidez das linhas incrustava as figuras agigantadas e atoleimadas na parede, como de três autômatos. Mesmo o cachorro tinha a loucura mansa daquilo que não é movido por força própria. O malfeito do traço excessivamente firme tornava o cachorro uma coisa dura e petrificada, mais engastada em si mesmo do que na parede.

Passada a primeira surpresa de descobrir em minha própria casa o mural oculto, examinei melhor, dessa vez com surpresa divertida, as figuras soltas na parede. Os pés simplificados não chegavam a tocar na linha do chão, as cabeças pequenas não tocavam a linha do teto – e isso, aliado à rigidez estupidificada das linhas, deixava as três figuras soltas como três aparições de múmias. À medida que mais e mais me incomodava a dura imobilidade das figuras, mais forte se fazia em mim a ideia de múmias. Elas emergiam como se tivessem sido um porejamento gradual do interior da parede, vindas lentamente do fundo até terem sudorado a superfície da cal áspera.

Nenhuma figura tinha ligação com a outra, e as três não formavam um grupo: cada figura olhava para a frente, como se nunca tivesse olhado para o lado, como se nunca tivesse visto a outra e não soubesse que ao lado existia alguém.

Sorri constrangida, estava procurando sorrir: é que cada figura se achava ali na parede exatamente como eu mesma havia permanecido rígida de pé à porta do quarto. O desenho não era um ornamento: era uma escrita.

A lembrança da empregada ausente me coagia. Quis lembrar-me de seu rosto, e admirada não consegui – de tal modo ela acabara de me excluir de minha própria casa, como se me tivesse fechado a porta e me tivesse deixado remota em relação à minha moradia. A lembrança de sua cara fugia-me, devia ser um lapso temporário.

Mas seu nome – é claro, é claro, lembrei-me finalmente: Janair. E, olhando o desenho hierático, de repente me ocorria que Janair me odiara. Eu olhava as figuras de homem e mulher que mantinham expostas e abertas as palmas das mãos vigorosas, e que ali pareciam ter sido deixadas por Janair como mensagem bruta para quando eu abrisse a porta.

Meu mal-estar era de algum modo divertido: é que nunca antes me ocorrera que, na mudez de Janair, pudesse ter havido uma censura à minha vida, que devia ter sido chamada pelo seu silêncio de "uma vida de homens"? como me julgara ela?

Olhei o mural onde eu devia estar sendo retratada... Eu, o Homem. E quanto ao cachorro – seria este o epíteto que ela me dava? Havia anos que eu só tinha sido julgada pelos meus pares e pelo meu próprio ambiente que eram, em suma, feitos de mim mesma e para mim mesma. Janair era a primeira pessoa realmente exterior de cujo olhar eu tomava consciência.

De súbito, dessa vez com mal-estar real, deixei finalmente vir a mim uma sensação que durante seis meses, por negligência e desinteresse, eu não me deixara ter: a do silencioso ódio daquela mulher. O que me surpreendia é que era uma espécie de ódio isento, o pior ódio: o indiferente. Não um ódio que me individualizasse mas apenas a falta de misericórdia. Não, nem ao menos ódio.

Foi quando inesperadamente consegui rememorar seu rosto, mas é claro, como pudera esquecer? revi o rosto preto e quieto, revi a pele inteiramente opaca que mais parecia um de seus modos de se calar, as sobrancelhas extremamente bem desenhadas, revi os traços finos e delicados que mal eram divisados no negror apagado da pele.

Os traços – descobri sem prazer – eram traços de rainha. E também a postura: o corpo erecto, delgado, duro, liso, quase sem carne, ausência de seios e de ancas. E sua roupa? Não era de surpreender que eu a tivesse usado como se ela não tivesse presença: sob o pequeno avental, vestia-se sempre de marrom escuro ou de preto, o que a tornava toda escura e invisível – arrepiei-me ao descobrir que até agora eu não havia percebido que aquela mulher era uma invisível. Janair tinha quase que apenas a forma exterior, os traços que ficavam dentro de sua forma eram tão apurados que mal existiam: ela era achatada como um baixo-relevo preso a uma tábua.

E fatalmente, assim como ela era, assim deveria ter me visto? abstraindo daquele meu corpo desenhado na parede tudo o que não era essencial, e também de mim só vendo o contorno. No entanto, curiosamente, a figura na parede lembrava-me alguém, que era eu mesma. Coagida com a presença que Janair deixara de si mesma num quarto de minha casa, eu percebia que as três figuras angulares de zumbis haviam de fato retardado minha entrada como se o quarto ainda estivesse ocupado.

Eu hesitava à porta.

Também porque a simplicidade inesperada do aposento me desnorteava: na verdade eu não saberia sequer por onde começar a arrumar, ou mesmo se havia o que arrumar.

Olhei desanimada a nudez do minarete:

A cama, de onde fora tirado o lençol, expunha o colchão de pano empoeirado, com suas largas manchas desbotadas como de suor ou sangue aguado, manchas antigas e pálidas. Uma ou outra crina fibrosa furava o pano que estava podre de tão seco e espetava-se erecta no ar.

De encontro a uma das paredes, três maletas velhas empilhavam-se em tal perfeita ordem simétrica que sua presença me passara despercebida, pois em nada alteravam o vazio do quarto. Sobre elas, e sobre a marca quase morta de um "G.H.", o acúmulo já sedimentado e tranquilo de poeira.

E havia também o guarda-roupa estreito: era de uma porta só, e da altura de uma pessoa, de minha altura. A madeira continuamente ressecada pelo sol abria-se em gretas e farpas. Aquela Janair nunca, pois, havia fechado a janela? Aproveitara mais do que eu da vista que se tinha da "cobertura".

O quarto divergia tanto do resto do apartamento que para entrar nele era como se eu antes tivesse saído de minha casa e batido a porta. O quarto era o oposto do que eu criara em minha casa, o oposto da suave beleza que resultara de meu talento de arrumar, de meu talento de viver, o oposto de minha ironia serena, de minha doce e isenta ironia: era uma violentação das minhas aspas, das aspas que faziam de mim uma citação de mim. O quarto era o retrato de um estômago vazio.

E nada ali fora feito por mim. No resto da casa o sol se filtrava de fora para dentro, raio ameno por raio ameno, resultado do jogo duplo de cortinas pesadas e leves. Mas ali o sol não parecia vir de fora para dentro: lá era o próprio lugar do sol, fixado e imóvel numa dureza de luz como se nem de noite o quarto fechasse a pálpebra. Tudo ali eram nervos seccionados que tivessem secado suas extremidades em arame. Eu me preparara para limpar coisas sujas mas lidar com aquela ausência me desnorteava.

Percebi então que estava irritada. O quarto me incomodava fisicamente como se no ar ainda tivesse até agora permanecido o som do riscar do carvão seco na cal seca. O som inaudível do quarto era como o de uma agulha rodando no disco quando a faixa de música já acabou. Um chiado neutro de coisa, era o que fazia a matéria de seu silêncio. Carvão e unha se juntando, carvão e unha, tranquila e compacta raiva daquela mulher que era a representante de um silêncio como se representasse um país estrangeiro, a rainha africana. E que ali dentro de minha casa se alojara, a estrangeira, a inimiga indiferente.

Perguntei-me se na verdade Janair teria me odiado – ou se fora eu, que sem sequer a ter olhado, a odiara. Assim como agora estava descobrindo com irritação que o quarto não me irritava apenas, eu o detestava, àquele cubículo que só tinha superfícies: suas entranhas haviam esturricado. Eu olhava com repulsa e desalento.

Até que me forcei a um ânimo e a uma violência: hoje mesmo aquilo tudo teria que ser modificado.

A primeira coisa que eu faria seria arrastar para o corredor as poucas coisas de dentro. E então jogaria no quarto vazio baldes e baldes de água que o ar duro sorveria, e finalmente enlamearia a poeira até que nascesse umidade naquele deserto, destruindo o minarete que sobranceava altaneiro um horizonte de telhados. Depois jogaria água no guarda-roupa para engorgitá-lo num afogamento até a boca – e enfim, enfim veria a madeira começar a apodrecer. Uma cólera inexplicável, mas que me vinha toda natural, me tomara: eu queria matar alguma coisa ali.

E depois, depois eu cobriria aquele colchão de palha seca com um lençol mole, lavado, frio, com um de meus próprios lençóis que tinham minhas iniciais bordadas, substituindo o que Janair devia ter jogado no tanque.

Mas antes rasparia da parede a granulada secura do carvão, desincrustando à faca o cachorro, apagando a palma exposta das mãos do homem, destruindo a cabeça pequena demais para o corpo daquela mulherona nua. E jogaria água e água que escorreria em rios pelo raspado da parede.

Como se já estivesse vendo a fotografia do quarto depois que fosse transformado em meu e em mim, suspirei de alívio.

Entrei, então.

Como explicar, senão que estava acontecendo o que não entendo. O que queria essa mulher que sou? o que acontecia a um G.H. no couro da valise?

Nada, nada, só que meus nervos estavam agora acordados – meus nervos que haviam sido tranquilos ou apenas arrumados? meu silêncio fora silêncio ou uma voz alta que é muda?

Como te explicar: eis que de repente aquele mundo inteiro que eu era crispava-se de cansaço, eu não suportava mais carregar nos ombros – o quê? – e sucumbia a uma tensão que eu não sabia que sempre fora minha. Já estava havendo então, e eu ainda não sabia, os primeiros sinais em mim do desabamento de cavernas calcáreas subterrâneas, que ruíam sob o peso de camadas arqueológicas estratificadas – e o peso do primeiro desabamento abaixava os cantos de minha boca, me deixava de braços caídos. O que me acontecia? Nunca saberei entender mas há de haver quem entenda. E é em mim que tenho de criar esse alguém que entenderá.

É que apesar de já ter entrado no quarto, eu parecia ter entrado em nada. Mesmo dentro dele, eu continuava de algum modo do lado de fora. Como se ele não tivesse bastante profundidade para me caber e deixasse pedaços meus no corredor, na maior repulsão de que eu já fora vítima: eu não cabia.

Ao mesmo tempo, olhando o baixo céu do teto caiado, eu me sentia sufocada de confinamento e restrição. E já sentia falta de minha casa. Forcei-me a me lembrar que também aquele quarto era posse minha, e dentro de minha casa: pois, sem sair desta, sem descer nem subir, eu havia caminhado para o quarto. A menos que tivesse havido um modo de cair num poço mesmo em sentido horizontal, como se houvessem entortado ligeiramente o edifício e eu, deslizando, tivesse sido despejada de portas a portas para aquela mais alta.

Embaraçada ali dentro por uma teia de vazios, eu esquecia de novo o roteiro de arrumação que traçara e não sabia ao certo por onde começar a arrumar. O quarto não tinha um ponto que se pudesse chamar de seu começo, nem um ponto que pudesse ser considerado o fim. Era de um igual que o tornava indelimitado.

Passei os olhos pelo guarda-roupa, ergui-os até uma rachadura do teto, procurando apossar-me um pouco mais daquele enorme vazio. Com mais ousadia, embora sem nenhuma intimidade, passei os dedos pelo arrepiado do colchão.

Animei-me com uma ideia: aquele guarda-roupa, depois de bem alimentado de água, de bem enfartado nas suas fibras, eu o enceraria para dar-lhe algum brilho, e também por dentro passaria cera, pois o interior devia estar ainda mais esturrado.

Abri um pouco a porta estreita do guarda-roupa, e o escuro de dentro escapou-se como um bafo. Tentei abri-lo um pouco mais, porém a porta ficava impedida pelo pé da cama, onde esbarrava. Dentro da brecha da porta, pus o quanto cabia de meu rosto. E, como o escuro de dentro me espiasse, ficamos um instante nos espiando sem nos vermos. Eu nada via, só conseguia sentir o cheiro quente e seco como o de uma galinha viva. Empurrando, porém, a cama para mais perto da janela, consegui abrir a porta uns centímetros a mais.

Então, antes de entender, meu coração embranqueceu como cabelos embranquecem.

ntão, antes de entender, meu coração embranqueceu como cabelos embranquecem.

De encontro ao rosto que eu pusera dentro da abertura, bem próximo de meus olhos, na meia escuridão, movera-se a barata grossa. Meu grito foi tão abafado que só pelo silêncio contrastante percebi que não havia gritado. O grito ficara me batendo dentro do peito.

Nada, não era nada – procurei imediatamente me apaziguar diante de meu susto. É que eu não esperara que, numa casa minuciosamente desinfetada contra o meu nojo por baratas, eu não esperava que o quarto tivesse escapado. Não, não era nada. Era uma barata que lentamente se movia em direção à fresta.

Pela lentidão e grossura, era uma barata muito velha. No meu arcaico horror por baratas eu aprendera a adivinhar, mesmo a distância, suas idades e perigos; mesmo sem nunca ter realmente encarado uma barata eu conhecia os seus processos de existência.

Só que ter descoberto súbita vida na nudez do quarto me assustara como se eu descobrisse que o quarto morto era na verdade potente. Tudo ali havia secado – mas restara uma barata. Uma barata tão velha que era imemorial. O que sempre me repugnara em baratas é que elas eram obsoletas e no entanto atuais. Saber que elas já estavam na Terra, e iguais a hoje, antes mesmo que tivessem aparecido os primeiros dinossauros, saber que o primeiro homem surgido já as havia encontrado proliferadas e se arrastando vivas, saber que elas haviam testemunhado a formação das grandes jazidas de petróleo e carvão no mundo, e lá estavam durante o grande avanço e depois durante o grande recuo das geleiras – a resistência pacífica. Eu sabia que baratas resistiam a mais de um mês sem alimento ou água. E que até de madeira faziam substância nutritiva aproveitável. E que, mesmo depois de pisadas, descomprimiam-se lentamente e continuavam a andar. Mesmo congeladas, ao degelarem, prosseguiam na marcha... Há trezentos e cinquenta milhões de anos elas se repetiam sem se transformarem. Quando o mundo era quase nu elas já o cobriam vagarosas.

Como ali, no quarto nu e esturricado, a gota virulenta: numa limpa proveta de ensaio uma gota de matéria.

Olhei o quarto com desconfiança. Havia a barata, então. Ou baratas. Onde? atrás das malas talvez. Uma? duas? quantas? Atrás do silêncio imóvel das malas, talvez toda uma escuridão de baratas. Uma imobilizada sobre a outra? Camadas de baratas – que de súbito me lembravam o que em criança eu havia descoberto uma vez ao levantar o colchão sobre o qual dormia: o negror de centenas e centenas de percevejos, conglomerados uns sobre os outros.

A lembrança de minha pobreza em criança, com percevejos, goteiras, baratas e ratos, era de como um meu passado pré-histórico, eu já havia vivido com os primeiros bichos da Terra.

Uma barata? muitas? mas quantas?!, perguntei-me em cólera. Vagueei o olhar pelo quarto nu. Nenhum ruído, nenhum sinal: mas quantas? Nenhum ruído e no entanto eu bem sentia uma ressonância enfática, que era a do silêncio roçando o silêncio. A hostilidade me tomara. É mais do que não gostar de baratas: eu não as quero. Além de que são a miniatura de um animal enorme. A hostilidade crescia.

Não fora eu quem repelira o quarto, como havia por um instante sentido à porta. O quarto, com sua barata secreta, é que me repelira. De início eu fora rejeitada pela visão de uma nudez tão forte como a de uma miragem; pois não fora a miragem de um oásis que eu tivera, mas a miragem de um deserto. Depois eu fora imobilizada pela mensagem dura na parede: as figuras de mão espalmada haviam sido um dos sucessivos vigias à entrada do sarcófago. E agora eu entendia que a barata e Janair eram os verdadeiros habitantes do quarto.

Não, eu não arrumaria nada – se havia baratas, não. A nova empregada que dedicasse seu primeiro dia de serviço àquele escrínio empoeirado e vazio.

Uma onda de arrepio, dentro do grande calor do sol, percorreu-me: apressei-me por sair daquela câmara ardente.

Meu primeiro movimento físico de medo, enfim expresso, foi que me revelou com surpresa que eu estava com medo. E precipitou-me então num medo maior – ao tentar a saída, tropecei entre o pé da cama e o guarda-roupa. Uma possível queda naquele quarto de silêncio constrangeu-me o corpo em nojo profundo – tropeçar fizera de minha tentativa de fuga um ato já em si malogrado – seria esse o modo que "eles", os do sarcófago, tinham de não me deixar mais sair? Eles me impediam de sair e apenas com este modo simples:

deixavam-me inteiramente livre, pois sabiam que eu já não poderia mais sair sem tropeçar e cair.

Não que eu estivesse presa mas estava localizada. Tão localizada como se ali me tivessem fixado com o simples e único gesto de me apontar com o dedo, apontar a mim e a um lugar.

Eu já havia conhecido anteriormente o sentimento de lugar. Quando era criança, inesperadamente tinha a consciência de estar deitada numa cama que se achava na cidade que se achava na Terra que se achava no Mundo. Assim como em criança, tive então a noção precisa de que estava inteiramente sozinha numa casa, e que a casa era alta e solta no ar, e que esta casa tinha baratas invisíveis.

Anteriormente, quando eu me localizava, eu me ampliava. Agora eu me localizava me restringindo – restringindo-me a tal ponto que, dentro do quarto, o meu único lugar era entre o pé da cama e a porta do guarda-roupa.

Só que o sentimento de lugar agora felizmente me acontecia não de noite, como em criança, pois deviam ser dez e pouco da manhã.

E inesperadamente as próximas vindouras onze horas da manhã me pareceram um elemento de terror – como o lugar, também o tempo se tornara palpável, eu queria fugir como de dentro de um relógio, e apressei-me desordenadamente.

Mas para poder sair do canto onde, ao ter entreaberto a porta do guarda-roupa, eu mesma me encurralara, teria antes que fechar a porta que me barrava contra o pé da cama: ali estava eu sem passagem livre, encurralada pelo sol que agora me ardia nos cabelos da nuca, num forno seco que se chamava dez horas da manhã.

Minha mão rápida foi à porta do guarda-roupa para fechá-lo e me abrir caminho – mas recuou de novo.

É que lá dentro a barata se movera.

Fiquei quieta. Minha respiração era leve, superficial. Eu tinha agora uma sensação de irremediável. E já sabia que, embora absurdamente, eu só teria ainda chance de sair dali se encarasse frontal e absurdamente que alguma coisa estava sendo irremediável. Eu sabia que tinha de admitir o perigo em que eu estava, mesmo consciente de que era loucura acreditar num perigo inteiramente inexistente. Mas eu tinha de acreditar em mim – a vida toda eu estivera como todo o mundo em perigo – mas agora, para poder sair, eu tinha a responsabilidade alucinada de ter de saber disso.

Na minha clausura entre a porta do armário e o pé da cama, eu ainda não tentara de novo mover os pés para sair, mas recuara o dorso para trás como, se mesmo na sua extrema lentidão, a barata pudesse dar um bote – eu já havia visto as baratas que de súbito voam, a fauna alada.

Fiquei imóvel, calculando desordenadamente. Estava atenta, eu estava toda atenta. Em mim um sentimento de grande espera havia crescido, e uma resignação surpreendida: é que nesta espera atenta eu reconhecia todas as minhas esperas anteriores, eu reconhecia a atenção de que também antes vivera, a atenção que nunca me abandona e que em última análise talvez seja a coisa mais colada à minha vida – quem sabe aquela atenção era a minha própria vida. Também a barata: qual é o único sentimento de uma barata? a atenção de viver, inextricável de seu corpo. Em mim, tudo o que eu superpusera ao inextricável de mim, provavelmente jamais chegara a abafar a atenção que, mais que atenção à vida, era o próprio processo de vida em mim.

Foi então que a barata começou a emergir do fundo.

Foi então que a barata começou a emergir do fundo.

Antes o tremor anunciante das antenas.

Depois, atrás dos fios secos, o corpo relutante foi aparecendo. Até chegar quase toda à tona da abertura do armário.

Era parda, era hesitante como se fosse enorme de peso. Estava agora quase toda visível.

Abaixei rapidamente os olhos. Ao esconder os olhos, eu escondia da barata a astúcia que me tomara – o coração me batia quase como numa alegria. É que inesperadamente eu sentira que tinha recursos, nunca antes havia usado meus recursos – e agora toda uma potência latente enfim me latejava, e uma grandeza me tomava: a da coragem, como se o medo mesmo fosse o que me tivesse enfim investido de minha coragem. Momentos antes eu superficialmente julgara que meus sentimentos eram apenas de indignação e de nojo, mas agora eu reconhecia – embora nunca tivesse conhecido antes – que o que sucedia é que enfim eu assumira um medo grande, muito maior do que eu.

O medo grande me aprofundava toda. Voltada para dentro de mim, como um cego ausculta a própria atenção, pela primeira vez eu me sentia toda incumbida por um instinto. E estremeci de extremo gozo como se enfim eu estivesse atentando à grandeza de um instinto que era ruim, total e infinitamente doce – como se enfim eu experimentasse, e em mim mesma, uma grandeza maior do que eu. Eu me embriagava pela primeira vez de um ódio tão límpido como de uma fonte, eu me embriagava com o desejo, justificado ou não, de matar.

Toda uma vida de atenção – há quinze séculos eu não lutava, há quinze séculos eu não matava, há quinze séculos eu não morria – toda uma vida de atenção acuada reunia-se agora em mim e batia como um sino mudo cujas vibrações eu não precisava ouvir, eu as reconhecia. Como se pela primeira vez enfim eu estivesse ao nível da Natureza.

Uma rapacidade toda controlada me tomara, e por ser controlada ela era toda potência. Até então eu nunca fora dona de meus poderes – poderes que eu não entendia nem queria entender, mas a vida em mim os havia retido para que um dia enfim desabrochasse essa matéria desconhecida e feliz e inconsciente que era finalmente: eu! eu, o que quer que seja.

Sem nenhum pudor, comovida com minha entrega ao que é o mal, sem nenhum pudor, comovida, grata, pela primeira vez eu estava sendo a desconhecida que eu era – só que desconhecer-me não me impediria mais, a verdade já me ultrapassara: levantei a mão como para um juramento, e num só golpe fechei a porta sobre o corpo meio emergido da barata — — — — — — — — — — — — — —

Ao mesmo tempo eu também havia fechado os olhos. E assim permaneci, toda trêmula. Que fizera eu?

Já então eu talvez soubesse que não me referia ao que eu fizera à barata mas sim a: que fizera eu de mim?

É que nesses instantes, de olhos fechados, eu tomava consciência de mim assim como se toma consciência de um sabor: eu toda estava com sabor de aço e azinhavre, eu toda era ácida como um metal na língua, como planta verde esmagada, meu sabor me veio todo à boca. Que fizera eu de mim? Com o coração batendo, as têmporas pulsando, eu fizera de mim isto: eu matara. Eu matara! Mas por que aquele júbilo, e além dele a aceitação vital do júbilo? Há quanto tempo, então, estivera eu por matar?

Não, não se tratava disso. A pergunta era: o que matara eu?

Essa mulher calma que eu sempre fora, ela enlouquecera de prazer? Com os olhos ainda fechados eu tremia de júbilo. Ter matado – era tão maior que eu, era da altura daquele quarto indelimitado. Ter matado abria a secura das areias do quarto até a umidade, enfim, enfim, como se eu tivesse cavado e cavado com dedos duros e ávidos até encontrar em mim um fio bebível de vida que era o de uma morte. Abri devagar os olhos, em doçura agora, em gratidão, timidez, num pudor de glória.

Do mundo enfim úmido de onde eu emergia, abri os olhos e reencontrei a grande e dura luz aberta, vi a porta agora fechada do guarda-roupa.

E vi a metade do corpo da barata para fora da porta.

Projetada para a frente, erecta no ar, uma cariátide.

Mas uma cariátide viva.

Hesitei em compreender, olhava surpreendida. Foi aos poucos que percebi o que sucedera: eu não havia empurrado a porta com bastante força. Havia prendido, sim, a barata que já não poderia mais avançar. Mas deixara-a viva.

Viva e olhando para mim. Desviei rapidamente os olhos, em repulsa violenta.

Ainda faltava, então, um golpe final. Um golpe a mais? Eu não a olhava, mas me repetia que um golpe ainda me era necessário – repetia-o lentamente como se cada repetição tivesse por finalidade dar uma ordem de comando às batidas de meu coração, às batidas que eram espaçadas demais como uma dor da qual eu não sentisse o sofrimento.

Até que – enfim conseguindo me ouvir, enfim conseguindo me comandar – ergui a mão bem alto como se meu corpo todo, junto com o golpe do braço, também fosse cair em peso sobre a porta do guarda-roupa.

Mas foi então que vi a cara da barata.

Ela estava de frente, à altura de minha cabeça e de meus olhos. Por um instante fiquei com a mão parada no alto. Depois gradualmente abaixei-a.

Um instante antes talvez eu ainda tivesse podido não ter visto na cara da barata o seu rosto.

Mas eis que por um átimo de segundo ficara tarde demais: eu via. Minha mão, que se abaixara ao desistir do golpe, foi aos poucos subindo de novo lentamente até o estômago: se eu mesma não me movera do lugar, o estômago recuara para dentro de meu corpo. A boca secara demais, passei uma língua também seca pelos lábios ásperos.

Era uma cara sem contorno. As antenas saíam em bigodes dos lados da boca. A boca marrom era bem delineada. Os finos e longos bigodes mexiam-se lentos e secos. Seus olhos pretos facetados olhavam. Era uma barata tão velha como um peixe fossilizado. Era uma barata tão velha como salamandras e quimeras e grifos e leviatãs. Ela era antiga como uma lenda. Olhei a boca: lá estava a boca real.

Eu nunca tinha visto a boca de uma barata. Eu na verdade – eu nunca tinha mesmo visto uma barata. Só tivera repugnância pela sua antiga e sempre presente existência – mas nunca a defrontara, nem mesmo em pensamento.

E eis que eu descobria que, apesar de compacta, ela é formada de cascas e cascas pardas, finas como as de uma cebola, como se cada uma pudesse ser levantada pela unha e no entanto sempre aparecer mais uma casca, e mais uma. Talvez as cascas fossem as asas, mas então ela devia ser feita de camadas e camadas finas de asas comprimidas até formar aquele corpo compacto.

Ela era arruivada. E toda cheia de cílios. Os cílios seriam talvez as múltiplas pernas. Os fios de antena estavam agora quietos, fiapos secos e empoeirados.

A barata não tem nariz. Olhei-a, com aquela sua boca e seus olhos: parecia uma mulata à morte. Mas os olhos eram radiosos e negros. Olhos de noiva. Cada olho em si mesmo parecia uma barata. O olho franjado, escuro, vivo e desempoeirado. E o outro olho igual. Duas baratas incrustadas na barata, e cada olho reproduzia a barata inteira.

ada olho reproduzia a barata inteira.

– Perdoa eu te dar isto, mão que seguro, mas é que não quero isto para mim! toma essa barata, não quero o que vi.

Ali estava eu boquiaberta e ofendida e recuada – diante do ser empoeirado que me olhava. Toma o que eu vi: pois o que eu via com um constrangimento tão penoso e tão espantado e tão inocente, o que eu via era a vida me olhando.

Como chamar de outro modo aquilo horrível e cru, matéria-prima e plasma seco, que ali estava, enquanto eu recuava para dentro de mim em náusea seca, eu caindo séculos e séculos dentro de uma lama – era lama, e nem sequer lama já seca mas lama ainda úmida e ainda viva, era uma lama onde se remexiam com lentidão insuportável as raízes de minha identidade.

Toma, toma tudo isso para ti, eu não quero ser uma pessoa viva! tenho nojo e maravilhamento por mim, lama grossa lentamente brotando.

Era isso – era isso então. É que eu olhara a barata viva e nela descobria a identidade de minha vida mais profunda. Em derrocada difícil, abriam-se dentro de mim passagens duras e estreitas.

Olhei-a, à barata: eu a odiava tanto que passava para o seu lado, solidária com ela, pois não suportaria ficar sozinha com minha agressão.

E de repente gemi alto, dessa vez ouvi meu gemido. É que como um pus subia à minha tona a minha mais verdadeira consistência – e eu sentia com susto e nojo que "eu ser" vinha de uma fonte muito anterior à humana e, com horror, muito maior que a humana.

Abria-se em mim, com uma lentidão de portas de pedra, abria-se em mim a larga vida do silêncio, a mesma que estava no sol parado, a mesma que estava na barata imobilizada. E que seria a mesma em mim! se eu tivesse coragem de abandonar... de abandonar meus sentimentos? Se eu tivesse coragem de abandonar a esperança.

A esperança de quê? Pela primeira vez eu me espantava de sentir que havia fundado toda uma esperança em vir a ser aquilo que eu não era. A esperança – que outro nome dar? – que pela primeira vez eu agora iria abandonar, por coragem e por curiosidade mortal. A esperança, na minha vida anterior, teria se fundado numa verdade? Com espanto infantil, eu agora duvidava.

Para saber o que realmente eu tinha a esperar, teria eu antes que passar pela minha verdade? Até que ponto até agora eu havia inventado um destino, vivendo no entanto subterraneamente de outro?

Fechei os olhos, aguardando que a estranheza passasse, aguardando que meu arfar não fosse mais o daquele gemido que eu ouvira como vindo do fundo de uma cisterna seca e funda, assim como a barata era bicho de cisterna seca. Eu ainda continuava a sentir, incalculavelmente longínquo em mim, o gemido que já não me chegava mais à garganta.

Isto é a loucura, pensei de olhos fechados. Mas era tão inegável sentir aquele nascimento de dentro da poeira – que eu não podia senão seguir aquilo que eu bem sabia que não era loucura, era, meu Deus, uma verdade pior, a horrível. Mas horrível por quê? É que ela contrariava sem palavras tudo o que antes eu costumava pensar também sem palavras.

Aguardei que a estranheza passasse, que a saúde voltasse. Mas reconhecia, num esforço imemorial de memória, que já havia sentido essa estranheza: era a mesma que eu experimentava quando via fora de mim o meu próprio sangue, e eu o estranhava. Pois o sangue que eu via fora de mim, aquele sangue eu o estranhava com atração: ele era meu.

Eu não queria reabrir os olhos, não queria continuar a ver. Os regulamentos e as leis, era preciso não esquecê-los, é preciso não esquecer que sem os regulamentos e as leis também não haverá a ordem, era preciso não esquecê-los e defendê-los para me defender.

Mas é que eu já não podia mais me amarrar.

A primeira ligação já se tinha involuntariamente partido, e eu me despregava da lei, mesmo intuindo que iria entrar no inferno da matéria viva – que espécie de inferno me aguardava? mas eu tinha que ir. Eu tinha que cair na danação de minha alma, a curiosidade me consumia.

Então abri de uma só vez os olhos e vi em cheio a vastidão indelimitada do quarto, aquele quarto que vibrava em silêncio, laboratório de inferno.

O quarto, o quarto desconhecido. Minha entrada nele se fizera enfim.

A entrada para este quarto só tinha uma passagem, e estreita: pela barata. A barata que enchia o quarto de vibração enfim aberta, as vibrações de seus guizos de cascavel no deserto. Através de dificultoso caminho, eu chegara à profunda incisão na parede que era aquele quarto – e a fenda formava como numa cave um amplo salão natural.

Nu, como preparado para a entrada de uma só pessoa. E quem entrasse se transformaria num "ela" ou num "ele". Eu era aquela a quem o quarto chamava de "ela". Ali entrara um eu a que o quarto dera uma dimensão de ela. Como se eu fosse também o outro lado do cubo, o lado que não se vê porque se está vendo de frente.

E na minha grande dilatação, eu estava no deserto. Como te explicar? eu estava no deserto como nunca estive. Era um deserto que me chamava como um cântico monótono e remoto chama. Eu estava sendo seduzida. E ia para essa loucura promissora. Mas meu medo não era o de quem estivesse indo para a loucura, e sim para uma verdade – meu medo era o de ter uma verdade que eu viesse a não querer, uma verdade infamante que me fizesse rastejar e ser do nível da barata. Meus primeiros contatos com as verdades sempre me difamaram.

– Segura a minha mão, porque sinto que estou indo. Estou de novo indo para a mais primária vida divina, estou indo para um inferno de vida crua. Não me deixes ver porque estou perto de ver o núcleo da vida – e, através da barata que mesmo agora revejo, através dessa amostra de calmo horror vivo, tenho medo de que nesse núcleo eu não saiba mais o que é esperança.

A barata é pura sedução. Cílios, cílios pestanejando que chamam.

Também eu, que aos poucos estava me reduzindo ao que em mim era irredutível, também eu tinha milhares de cílios pestanejando, e com meus cílios eu avanço, eu protozoária, proteína pura. Segura minha mão, cheguei ao irredutível com a fatalidade de um dobre – sinto que tudo isso é antigo e amplo, sinto no hieroglifo da barata lenta a grafia do Extremo Oriente. E neste deserto de grandes seduções, as criaturas: eu e a barata viva. A vida, meu amor, é uma grande sedução onde tudo o que existe se seduz. Aquele quarto que estava deserto e por isso primariamente vivo. Eu chegara ao nada, e o nada era vivo e úmido.

u chegara ao nada, e o nada era vivo e úmido.

Foi então – foi então que lentamente como de uma bisnaga foi saindo lenta a matéria da barata que fora esmagada.

A matéria da barata, que era o seu de dentro, a matéria grossa, esbranquiçada, lenta, crescia para fora como de uma bisnaga de pasta de dentes.

Diante de meus olhos enojados e seduzidos, lentamente a forma da barata ia se modificando à medida que ela engrossava para fora. A matéria branca brotava lenta para cima de suas costas como uma carga. Imobilizada, ela sustentava por cima do flanco empoeirado a carga do próprio corpo.

"Grite", ordenei-me quieta. "Grite", repeti-me inutilmente com um suspiro de profunda quietude.

A grossura branca imobilizara-se agora por cima das cascas. Olhei para o teto, descansando um pouco os olhos que eu sentia terem se tornado fundos e grandes.

Mas se eu gritasse uma só vez que fosse, talvez nunca mais pudesse parar. Se eu gritasse ninguém poderia fazer mais nada por mim; enquanto, se eu nunca revelar a minha carência, ninguém se assustará comigo e me ajudarão sem saber; mas só enquanto eu não assustar ninguém por ter saído dos regulamentos. Mas se souberem, assustam-se, nós que guardamos o grito em segredo inviolável. Se eu der o grito de alarme de estar viva, em mudez e dureza me arrastarão pois arrastam os que saem para fora do mundo possível, o ser excepcional é arrastado, o ser gritante.

Olhei para o teto com olhos pesados. Tudo se resumia ferozmente em nunca dar um primeiro grito – um primeiro grito desencadeia todos os outros, o primeiro grito ao nascer desencadeia uma vida, se eu gritasse acordaria milhares de seres gritantes que iniciariam pelos telhados um coro de gritos e horror. Se eu gritasse desencadearia a existência – a existência de quê? a existência do mundo. Com reverência eu temia a existência do mundo para mim.

– É que, mão que me sustenta, é que eu, numa experiência que não quero nunca mais, numa experiência pela qual peço perdão a mim mesma, eu estava saindo do meu mundo e entrando no mundo.

É que eu não estava mais me vendo, estava era vendo. Toda uma civilização que se havia erguido, tendo como garantia que se misture imediatamente o que se vê com o que se sente, toda uma civilização que tem como alicerce o salvar-se – pois eu estava em seus escombros. Dessa civilização só pode sair quem tem como função especial a de sair: a um cientista é dada a licença, a um padre é dada a permissão. Mas não a uma mulher que nem sequer tem as garantias de um título. E eu fugia, com mal-estar eu fugia.

Se soubesses da solidão desses meus primeiros passos. Não se parecia com a solidão de uma pessoa. Era como se eu já tivesse morrido e desse sozinha os primeiros passos em outra vida. E era como se a essa solidão chamassem de glória, e também eu sabia que era uma glória e tremia toda nessa glória divina primária que, não só eu não compreendia, como profundamente não a queria.

– Porque, vê, eu sabia que estava entrando na bruta e crua glória da natureza. Seduzida, eu no entanto lutava como podia contra as areias movediças que me sorviam: e cada movimento que eu fazia para "não, não!", cada movimento mais me empurrava sem remédio; não ter forças para lutar era o meu único perdão.

Olhei para o quarto onde eu me aprisionara e buscava uma saída, desesperadamente procurava escapar, e dentro de mim eu já recuara tanto que minha alma se encostara até a parede – sem sequer poder me impedir, sem querer mais me impedir, fascinada pela certeza do ímã que me atraía, eu recuava dentro de mim até a parede onde eu me incrustava no desenho da mulher. Eu recuara até a medula de meus ossos, meu último reduto. Onde, na parede, eu estava tão nua que não fazia sombra.

E as medidas, as medidas ainda eram as mesmas, eu senti que eram, eu sabia que nunca passara daquela mulher na parede, eu era ela. E estava toda conservada, longo e frutuoso caminho.

Minha tensão de súbito quebrou-se como um ruído que se interrompe.

E o primeiro verdadeiro silêncio começou a soprar. O que eu havia visto de tão tranquilo e vasto e estrangeiro nas minhas fotografias escuras e sorridentes – aquilo estava pela primeira vez fora de mim e ao meu inteiro alcance, incompreensível mas ao meu alcance.

O que me aliviava como a uma sede, aliviava-me como se durante toda a vida eu tivesse esperado por uma água tão necessária para o corpo eriçado como é a cocaína para quem a implora. Enfim o corpo, embebido de silêncio, se apaziguava. O alívio vinha de eu caber no desenho mudo da caverna.

Até aquele momento eu não havia percebido totalmente a minha luta, tão mergulhada estivera nela. Mas agora, pelo silêncio onde enfim eu caíra, sabia que havia lutado, que havia sucumbido e que cedera.

E que, agora sim, eu estava realmente no quarto.

Tão dentro dele como um desenho há trezentos mil anos numa caverna. E eis que eu cabia dentro de mim, eis que eu estava em mim mesma gravada na parede.

A passagem estreita fora pela barata difícil, e eu me havia esgueirado com nojo através daquele corpo de cascas e lama. E terminara, também eu toda imunda, por desembocar através dela para o meu passado que era o meu contínuo presente e o meu futuro contínuo – e que hoje e sempre está na parede, e minhas quinze milhões de filhas, desde então até eu, também lá estavam. Minha vida fora tão contínua quanto a morte. A vida é tão contínua que nós a dividimos em etapas, e a uma delas chamamos de morte. Eu sempre estivera em vida, pouco importa que não eu propriamente dita, não isso a que convencionei chamar de eu. Sempre estive em vida.

Eu, corpo neutro de barata, eu com uma vida que finalmente não me escapa pois enfim a vejo fora de mim – eu sou a barata, sou minha perna, sou meus cabelos, sou o trecho de luz mais branca no reboco da parede – sou cada pedaço infernal de mim – a vida em mim é tão insistente que se me partirem, como a uma lagartixa, os pedaços continuarão estremecendo e se mexendo. Sou o silêncio gravado numa parede, e a borboleta mais antiga esvoaça e me defronta: a mesma de sempre. De nascer até morrer é o que eu me chamo de humana, e nunca propriamente morrerei.

Mas esta não é a eternidade, é a danação.

Como é luxuoso este silêncio. É acumulado de séculos. É um silêncio de barata que olha. O mundo se me olha. Tudo olha para tudo, tudo vive o outro; neste deserto as coisas sabem as coisas. As coisas sabem tanto as coisas que a isto... a isto chamarei de perdão, se eu quiser me salvar no plano humano. É o perdão em si. Perdão é um atributo da matéria viva.

erdão é um atributo da matéria viva.

 – Vê, meu amor, vê como por medo já estou organizando, vê como ainda não consigo mexer nesses elementos primários do laboratório sem logo querer organizar a esperança. É que por enquanto a metamorfose de mim em mim mesma não faz nenhum sentido. É uma metamorfose em que perco tudo o que eu tinha, e o que eu tinha era eu – só tenho o que sou. E agora o que sou? Sou: estar de pé diante de um susto. Sou: o que vi. Não entendo e tenho medo de entender, o material do mundo me assusta, com os seus planetas e baratas.

 Eu, que antes vivera de palavras de caridade ou orgulho ou de qualquer coisa. Mas que abismo entre a palavra e o que ela tentava, que abismo entre a palavra amor e o amor que não tem sequer sentido humano – porque – porque amor é a matéria viva. Amor é a matéria viva?

O que foi que me sucedeu ontem? e agora? Estou confusa, atravessei desertos e desertos, mas fiquei presa sob algum detalhe? como debaixo de uma rocha.

Não, espera, espera: com alívio tenho que lembrar que desde ontem já saí daquele quarto, eu já saí, estou livre! e ainda tenho chance de recuperação. Se eu quiser.

Mas quero?

O que vi não é organizável. Mas se eu realmente quiser, agora mesmo, ainda poderei traduzir o que eu soube em termos mais nossos, em termos humanos, e ainda poderei deixar desapercebidas as horas de ontem. Se eu ainda quiser poderei, dentro de nossa linguagem, me perguntar de outro modo o que me aconteceu.

E, se desse modo eu perguntar, ainda terei uma resposta de recuperação. A recuperação seria saber que: G.H. era uma mulher que vivia bem, vivia bem, vivia bem, vivia na supercamada das areias do mundo, e as areias nunca haviam derrocado de debaixo de seus pés: a sintonização era tal que, à medida que as areias se moviam, os pés se moviam em conjunto com elas, e então tudo era firme e compacto. G.H. vivia no último andar de uma superestrutura, e, mesmo construído no ar, era um edifício sólido, ela própria no ar, assim como as abelhas tecem a vida no ar. E isto havia séculos vinha acontecendo, com as variantes necessárias ou casuais, e dava certo. Dava certo – pelo menos nada falou e ninguém falou, ninguém disse que não; era certo, pois.

Mas, exatamente o lento acúmulo de séculos automaticamente se empilhando, era o que, sem ninguém perceber, ia tornando a construção no ar muito pesada, essa construção ia-se saturando de si mesma: ia ficando cada vez mais compacta, em vez de se tornar cada vez mais frágil. O acúmulo de viver numa superestrutura tornava-se cada vez mais pesado para se sustentar no ar.

Como um edifício onde de noite todos dormem tranquilos, sem saber que os alicerces vergam e que, num instante não anunciado pela tranquilidade, as vigas vão ceder porque a força de coesão está lentamente se desassociando um milímetro por cada século. E então, quando menos se espera – num instante tão repetidamente comum como o de se levar um copo de bebida à boca sorridente no meio de um baile – então, ontem, num dia tão cheio de sol como estes dias do ápice do verão, com os homens trabalhando e as cozinhas fumegando e a broca britando as pedras e as crianças rindo e um padre lutando por impedir, mas impedir o quê? – ontem, sem aviso, houve o fragor do sólido que subitamente se torna friável numa derrocada.

No desmoronamento, toneladas caíram sobre toneladas. E quando eu, G.H. até nas valises, eu, uma das pessoas, abri os olhos, estava – não sobre escombros pois até os escombros já haviam sido deglutidos pelas areias – estava numa planície tranquila, quilômetros e quilômetros abaixo do que fora uma grande cidade. As coisas haviam voltado a ser o que eram.

O mundo havia reivindicado a sua própria realidade, e, como depois de uma catástrofe, a minha civilização acabara: eu era apenas um dado histórico. Tudo em mim fora reivindicado pelo começo dos tempos e pelo meu próprio começo. Eu passara a um primeiro plano primário, estava no silêncio dos ventos e na era de estanho e cobre – na era primeira da vida.

Escuta, diante da barata viva, a pior descoberta foi a de que o mundo não é humano, e de que não somos humanos.

Não, não te assustes! certamente o que me havia salvo até aquele momento da vida sentimentizada de que eu vivia, é que o inumano é o melhor nosso, é a coisa, a parte coisa da gente. Só por isso é que, como pessoa falsa, eu não havia até então soçobrado sob a construção sentimentária e utilitária: meus sentimentos humanos eram utilitários, mas eu não tinha soçobrado porque a parte coisa, matéria do Deus, era forte demais e esperava para me reivindicar. O grande castigo neutro da vida geral é que ela de repente pode solapar uma vida; se não lhe for dada a força dela mesma, então ela rebenta como um dique rebenta – e vem pura, sem mistura nenhuma: puramente neutra. Aí estava o grande perigo: quando essa parte neutra de coisa não embebe uma vida pessoal, a vida vem toda puramente neutra.

Mas por que exatamente em mim fora repentinamente se refazer o primeiro silêncio? Como se uma mulher tranquila tivesse simplesmente sido chamada e tranquilamente largasse o bordado na cadeira, se erguesse, e sem uma palavra – abandonando sua vida, renegando bordado, amor e alma já feita – sem uma palavra essa mulher se pusesse calmamente de quatro, começasse a engatinhar e a se arrastar com olhos brilhantes e tranquilos: é que a vida anterior a reclamara, e ela fora.

Mas por que eu? Mas por que não eu. Se não tivesse sido eu, eu não saberia, e tendo sido eu, eu soube – apenas isso. O que é que me havia chamado: a loucura ou a realidade?

A vida se vingava de mim, e a vingança consistia apenas em voltar, nada mais. Todo caso de loucura é que alguma coisa voltou. Os possessos, eles não são possuídos pelo que vem, mas pelo que volta. Às vezes a vida volta. Se em mim tudo se quebrava à passagem da força, não é porque a função desta era a de quebrar: ela só precisava enfim passar pois já se tornara caudalosa demais para poder se conter ou contornar – ao passar ela cobria tudo. E depois, como após um dilúvio, sobrenadavam um armário, uma pessoa, uma janela solta, três maletas. E isso me parecia o inferno, essa destruição de camadas e camadas arqueológicas humanas.

O inferno, porque o mundo não me tinha mais sentido humano, e o homem não me tinha mais sentido humano. E sem essa humanização e sem a sentimentação do mundo – eu me apavoro.

Sem um grito olhei a barata.

Vista de perto, a barata é um objeto de grande luxo. Uma noiva de pretas joias. É toda rara, parece um único exemplar. Prendendo-a pelo meio do corpo com a porta do armário, eu isolara o único exemplar. O que aparecia dela era apenas a metade do corpo. O resto, o que não se via, podia ser enorme, e dividia-se por milhares de casas, atrás de coisas e armários. Eu, porém, não queria a parte que me coubera. Atrás da superfície de casas – aquelas joias embaçadas andando de rojo?

Eu me sentia imunda como a Bíblia fala dos imundos. Por que foi que a Bíblia se ocupou tanto dos imundos, e fez uma lista dos animais imundos e proibidos? por que se, como os outros, também eles haviam sido criados? E por que o imundo era proibido? Eu fizera o ato proibido de tocar no que é imundo.

u fizera o ato proibido de tocar no que é imundo.

E tão imundo estava eu, naquele meu súbito conhecimento indireto de mim, que abri a boca para pedir socorro. Eles dizem tudo, a Bíblia, eles dizem tudo – mas se eu entender o que eles dizem, eles mesmos me chamarão de enlouquecida. Pessoas iguais a mim haviam dito, no entanto entendê-las seria a minha derrocada.

"Mas não comereis das impuras: quais são a águia, e o grifo, e o esmerilhão." E nem a coruja, e nem o cisne, e nem o morcego, nem a cegonha, e todo o gênero de corvos.

Eu estava sabendo que o animal imundo da Bíblia é proibido porque o imundo é a raiz – pois há coisas criadas que nunca se enfeitaram e conservaram-se iguais ao momento em que foram criadas, e somente elas continuaram a ser a raiz ainda toda completa. E porque são a raiz é que não se podia comê-las, o fruto do bem e do mal – comer a matéria viva me expulsaria de um paraíso de adornos, e me levaria para sempre a andar com um cajado pelo deserto. Muitos foram os que andaram com um cajado pelo deserto.

Pior – me levaria a ver que o deserto também é vivo e tem umidade, e a ver que tudo está vivo e é feito do mesmo.

Para construir uma alma possível – uma alma cuja cabeça não devore a própria cauda – a lei manda que só se fique com o que é disfarçadamente vivo. E a lei manda que, quem comer do imundo, que o coma sem saber. Pois quem comer do imundo sabendo que é imundo – também saberá que o imundo não é imundo. É isso?

"E tudo o que anda de rastos e tem asas será impuro, e não se comerá."

Abri a boca espantada: era para pedir um socorro. Por quê? por que não queria eu me tornar tão imunda quanto a barata? que ideal me prendia ao sentimento de uma ideia? por que não me tornaria eu imunda, exatamente como eu toda me descobria? O que temia eu? ficar imunda de quê?

Ficar imunda de alegria.

Pois agora entendo que aquilo que eu começara a sentir já era a alegria, o que eu ainda não reconhecera nem entendera. No meu mudo pedido de socorro, eu estava lutando era contra uma vaga primeira alegria que eu não queria perceber em mim porque, mesmo vaga, já era horrível: era uma alegria sem redenção, não sei te explicar, mas era uma alegria sem a esperança.

– Ah, não retires de mim a tua mão, eu me prometo que talvez até o fim deste relato impossível talvez eu entenda, oh talvez pelo caminho do inferno eu chegue a encontrar o que nós precisamos – mas não retires tua mão, mesmo que eu já saiba que encontrar tem que ser pelo caminho daquilo que somos, se eu conseguir não me afundar definitivamente naquilo que somos.

Vê, meu amor, já estou perdendo a coragem de achar o que quer que eu tiver de achar, estou perdendo a coragem de me entregar ao caminho e já estou nos prometendo que nesse inferno acharei a esperança.

– Talvez não seja a esperança antiga. Talvez não se possa sequer chamar de esperança.

Eu lutava porque não queria uma alegria desconhecida. Ela seria tão proibida pela minha futura salvação quanto o bicho proibido que foi chamado de imundo – e eu abria e fechava a boca em tortura para pedir socorro, pois então ainda não me havia ocorrido inventar esta mão que agora inventei para segurar a minha. No meu medo de ontem eu estava sozinha, e queria pedir socorro contra a minha primeira desumanização.

A desumanização é tão dolorosa como perder tudo, como perder tudo, meu amor. Eu abria e fechava a boca para pedir socorro mas não podia nem sabia articular.

É que eu não tinha mais o que articular. Minha agonia era como a de querer falar antes de morrer. Eu sabia que estava me despedindo para sempre de alguma coisa, alguma coisa ia morrer, e eu queria articular a palavra que pelo menos resumisse aquilo que morria.

Afinal consegui pelo menos articular um pensamento: "estou pedindo socorro".

Ocorreu-me então que eu não tinha contra o que pedir socorro. Eu não tinha nada a pedir.

De repente era isso. Eu estava entendendo que "pedir" eram ainda os últimos restos de um mundo apelável que, mais e mais, se estava tornando remoto. E se eu continuava a querer pedir era para ainda me agarrar aos últimos restos de minha civilização antiga, agarrar-me para não me deixar ser arrastada pelo que agora me reivindicava. E ao quê – num gozo sem esperança – eu já cedia, ah eu já queria ceder – ter experimentado já era o começo de um inferno de querer, querer, querer... A minha vontade de querer era mais forte do que a minha vontade de salvação?

Cada vez mais eu não tinha o que pedir. E via, com fascínio e horror, os pedaços de minhas podres roupas de múmia caírem secas no chão, eu assistia à minha transformação de crisálida em larva úmida, as asas aos poucos encolhiam-se crestadas. E um ventre todo novo e feito para o chão, um ventre novo renascia.

Sem desfitar a barata, fui me abaixando até sentir que meu corpo encontrava a cama e, sem desfitar a barata, sentei-me.

Agora era com os olhos erguidos que eu a via. Agora, debruçada sobre a própria cintura, ela me olhava de cima para baixo. Eu havia prendido defronte de mim o imundo do mundo – e desencantara a coisa viva. Eu perdera as ideias.

Então, de novo, mais um milímetro grosso de matéria branca espremeu-se para fora.

ntão, de novo, mais um milímetro grosso de matéria branca espremeu-se para fora.

Santa Maria, mãe de Deus, ofereço-vos a minha vida em troca de não ser verdade aquele momento de ontem. A barata com a matéria branca me olhava. Não sei se ela me via, não sei o que uma barata vê. Mas ela e eu nos olhávamos, e também não sei o que uma mulher vê. Mas se seus olhos não me viam, a existência dela me existia – no mundo primário onde eu entrara, os seres existem para os outros como modo de se verem. E nesse mundo que eu estava conhecendo, há vários modos que significam ver: um olhar o outro sem vê-lo, um possuir o outro, um comer o outro, um apenas estar num canto e o outro estar ali também: tudo isso também significa ver. A barata não me via diretamente, ela estava comigo. A barata não me via com os olhos mas com o corpo.

E eu – eu via. Não havia como não vê-la. Não havia como negar: minhas convicções e minhas asas se crestavam rapidamente e não tinham mais finalidade. Eu não podia mais negar. Não sei o que é que eu não podia mais negar, mas já não podia mais. E nem podia mais me socorrer, como antes, de toda uma civilização que me ajudaria a negar o que eu via.

Eu a via toda, à barata.

A barata é um ser feio e brilhante. A barata é pelo avesso. Não, não, ela mesma não tem lado direito nem avesso: ela é aquilo. O que nela é exposto é o que em mim eu escondo: de meu lado a ser exposto fiz o meu avesso ignorado. Ela me olhava. E não era um rosto. Era uma máscara. Uma máscara de escafandrista. Aquela gema preciosa ferruginosa. Os dois olhos eram vivos como dois ovários. Ela me olhava com a fertilidade cega de seu olhar. Ela fertilizava a minha fertilidade morta. Seriam salgados os seus olhos? Se eu os tocasse – já que cada vez mais imunda eu gradualmente ficava – se eu os tocasse com a boca, eu os sentiria salgados?

Eu já havia experimentado na boca os olhos de um homem e, pelo sal na boca, soubera que ele chorava.

Mas, ao pensar no sal dos olhos negros da barata, de súbito recuei de novo, e meus lábios secos recuaram até os dentes: os répteis que se movem sobre a terra! Na reverberação parada da luz do quarto, a barata era um pequeno crocodilo lento. O quarto seco e vibrante. Eu e a barata pousadas naquela secura como na crosta seca de um vulcão extinto. Aquele deserto onde eu entrara, e também nele descobria a vida e o seu sal.

De novo a parte branca da barata espremeu-se talvez menos de um milímetro para fora.

Dessa vez eu mal e mal percebera o movimento ínfimo que a matéria dela fizera. Eu olhava abismada, quieta.

– Nunca, até então, a vida me havia acontecido de dia. Nunca à luz do sol. Só nas minhas noites é que o mundo se revolvia lentamente. Só que, aquilo que acontecia no escuro da própria noite, também acontecia ao mesmo tempo nas minhas próprias entranhas, e o meu escuro não se diferenciava do escuro de fora, e de manhã, ao abrir os olhos, o mundo continuava sendo uma superfície: a vida secreta da noite em breve se reduzia na boca ao gosto de um pesadelo que some. Mas agora a vida estava acontecendo de dia. Inegável e para ser vista. A menos que eu desviasse os olhos.

E eu ainda poderia desviar os olhos.

– Mas é que o inferno já me tomara, meu amor, o inferno da curiosidade malsã. Eu já estava vendendo a minha alma humana, porque ver já começara a me consumir em prazer, eu vendia o meu futuro, eu vendia a minha salvação, eu nos vendia.

"Estou pedindo socorro", gritei-me então de repente com a mudez dos que têm gradualmente a boca entulhada pelas areias movediças, "estou pedindo socorro", pensei quieta e sentada. Mas nenhuma vez me ocorreu levantar-me e ir embora, como se isso já fosse impossível. A barata e eu tínhamos sido soterradas numa mina.

A balança tinha agora um prato único. Nesse prato estava a minha profunda recusa de baratas. Mas agora "recusa de baratas" eram meras palavras, e eu também sabia que na hora de minha morte eu também não seria traduzível por palavra.

De morrer, sim, eu sabia, pois morrer era o futuro e é imaginável, e de imaginar eu sempre tivera tempo. Mas o instante, o instante este – a atualidade – isso não é imaginável, entre a atualidade e eu não há intervalo: é agora, em mim.

– Entende, morrer eu sabia de antemão e morrer ainda não me exigia. Mas o que eu nunca havia experimentado era o choque com o momento chamado "já". Hoje me exige hoje mesmo. Nunca antes soubera que a hora de viver também não tem palavra. A hora de viver, meu amor, estava sendo tão já que eu encostava a boca na matéria da vida. A hora de viver é um ininterrupto lento rangido de portas que se abrem continuamente de par em par. Dois portões se abriam e nunca tinham parado de se abrir. Mas abriam-se continuamente para – para o nada?

A hora de viver é tão infernalmente inexpressiva que é o nada. Aquilo que eu chamava de "nada" era no entanto tão colado a mim que me era... eu? e portanto se tornava invisível como eu me era invisível, e tornava-se o nada. As portas como sempre continuavam a se abrir.

Finalmente, meu amor, sucumbi. E tornou-se um agora.

inalmente, meu amor, sucumbi. E tornou-se um agora.

Era finalmente agora. Era simplesmente agora. Era assim: o país estava em onze horas da manhã. Superficialmente como um quintal que é verde, da mais delicada superficialidade. Verde, verde – verde é um quintal. Entre mim e o verde, a água do ar. A verde água do ar. Vejo tudo através de um copo cheio. Nada se ouve. No resto da casa a sombra está toda inchada. A superficialidade madura. São onze horas da manhã no Brasil. É agora. Trata-se exatamente de agora. Agora é o tempo inchado até os limites. Onze horas não têm profundidade. Onze horas está cheio das onze horas até as bordas do copo verde. O tempo freme como um balão parado. O ar fertilizado e arfante. Até que num hino nacional a badalada das onze e meia corte as amarras do balão. E de repente nós todos chegaremos ao meio-dia. Que será verde como agora.

Acordei de súbito do inesperado oásis verde onde por um momento eu me refugiara toda plena.

Mas eu estava no deserto. E não é só no ápice de um oásis que é agora: agora também é no deserto, e pleno. Era já. Pela primeira vez na minha vida tratava-se plenamente de agora. Esta era a maior brutalidade que eu jamais recebera.

Pois a atualidade não tem esperança, e a atualidade não tem futuro: o futuro será exatamente de novo uma atualidade.

Eu estava tão assustada que ainda mais quieta ficara dentro de mim. Pois parecia-me que finalmente eu ia ter que sentir.

Parece que vou ter que desistir de tudo o que deixo atrás dos portões. E sei, eu sabia, que se atravessasse os portões que estão sempre abertos, entraria no seio da natureza.

Eu sabia que entrar não é pecado. Mas é arriscado como morrer. Assim como se morre sem se saber para onde, e esta é a maior coragem de um corpo. Entrar só era pecado porque era a danação de minha vida, para a qual eu depois não pudesse talvez mais regredir. Eu talvez já soubesse que, a partir dos portões, não haveria diferença entre mim e a barata. Nem aos meus próprios olhos nem aos olhos do que é Deus.

Foi assim que fui dando os primeiros passos no nada. Meus primeiros passos hesitantes em direção à vida, e abandonando a minha vida. O pé pisou no ar, e entrei no paraíso ou no inferno: no núcleo.

Passei a mão pela testa: com alívio notava que finalmente havia começado a suar. Até um pouco antes fora apenas aquela secura quente que nos crestava a nós duas. Agora eu começava a me umedecer.

Ah, como estou cansada. Meu desejo agora seria o de interromper tudo isto e inserir neste difícil relato, por pura diversão e repouso, uma história ótima que ouvi um dia desses sobre o motivo por que um casal se separou. Ah, conheço tantas histórias interessantes. E também poderia, para descansar, falar na tragédia. Conheço tragédias.

Meu suor me aliviava. Olhei para cima, para o teto. Com o jogo de feixes de luz, o teto se arredondara e transformara-se no que me lembrava uma abóbada. A vibração do calor era como a vibração de um oratório cantado. Só minha parte auricular sentia. Cântico de boca fechada, som vibrando surdo como o que está preso e contido, amém, amém. Cântico de Ação de Graças pelo assassinato de um ser por outro ser.

Assassinato o mais profundo: aquele que é um modo de relação, que é um modo de um ser existir o outro ser, um modo de nos vermos e nos sermos e nos termos, assassinato onde não há vítima nem algoz, mas uma ligação de ferocidade mútua. Minha luta primária pela vida. "Perdida no inferno abrasador de um canyon uma mulher luta desesperadamente pela vida."

Esperei que aquele som mudo e preso passasse. Mas a vastidão dentro do quarto pequeno aumentava, o mudo oratório alargava-o em vibrações até a rachadura do teto. O oratório não era prece: não pedia nada. As paixões em forma de oratório.

A barata de súbito vomitou pela sua fenda mais um surto branco e fofo.

– Ah! mas a quem peço socorro, se tu também – pensei então em direção a um homem que já fora meu – se tu também não me servirias agora. Pois como eu, tu quiseste transcender a vida, e assim a ultrapassaste. Mas agora eu não vou mais poder transcender, vou ter que saber, e irei sem ti, a quem eu quis pedir socorro. Reza por mim, minha mãe, pois não transcender é um sacrifício, e transcender era antigamente o meu esforço humano de salvação, havia uma utilidade imediata em transcender. Transcender é uma transgressão. Mas ficar dentro do que é, isso exige que eu não tenha medo!

E vou ter que ficar dentro do que é.

Há alguma coisa que precisa ser dita, não sentes que há alguma coisa que precisa ser sabida? oh, mesmo que depois eu tenha que a transcender, mesmo que depois o transcender nasça fatalmente de mim como o hálito de quem está vivo.

Mas, depois do que sei, aceitarei como um hálito de respiração – ou como um miasma? não, não como um miasma, tenho piedade de mim! quero que, se o transcender me vier fatalmente, que seja como o hálito que nasce da própria boca, da boca que existe, e não de uma boca falsa aberta num braço ou na cabeça.

Era com alegria infernal que eu como que ia morrer. Eu começava a sentir que meu passo mal-assombrado seria irremediável, e que eu estava pouco a pouco abandonando a minha salvação humana. Sentia que o meu de dentro, apesar de matéria fofa e branca, tinha no entanto força de rebentar meu rosto de prata e beleza, adeus beleza do mundo. Beleza que me é agora remota e que não quero mais – estou sem poder mais querer a beleza – talvez nunca a tivesse querido mesmo, mas era tão bom! eu me lembro como o jogo da beleza era bom, a beleza era uma transmutação contínua.

Mas com alívio infernal eu me despeço dela. O que sai do ventre da barata não é transcendentável – ah, não quero dizer que é o contrário da beleza, "contrário de beleza" nem faz sentido – o que sai da barata é: "hoje", bendito o fruto de teu ventre – eu quero a atualidade sem enfeitá-la com um futuro que a redima, nem com uma esperança – até agora o que a esperança queria em mim era apenas escamotear a atualidade.

Mas eu quero muito mais que isto: quero encontrar a redenção no hoje, no já, na realidade que está sendo, e não na promessa, quero encontrar a alegria neste instante – quero o Deus naquilo que sai do ventre da barata – mesmo que isto, em meus antigos termos humanos, signifique o pior, e, em termos humanos, o infernal.

Sim, eu queria. Mas ao mesmo tempo segurava com as duas mãos a boca do estômago: "não posso!", implorei para um outro homem que também ele nunca pudera e jamais poderia. Não posso! não quero saber de que é feito aquilo que até agora eu chamaria de "o nada!", não quero sentir diretamente na minha boca tão delicada o sal dos olhos da barata, porque, minha mãe, eu me habituei ao encharcado das camadas e não à simples umidade da coisa.

Foi pensando no sal dos olhos da barata que, num suspiro de quem vai ser obrigado a ceder mais um passo, percebi que ainda estava usando a antiga beleza humana: sal.

Também a beleza do sal e a beleza das lágrimas eu teria de abandonar. Também isso, pois o que eu estava vendo era ainda anterior ao humano.

ois o que eu estava vendo era ainda anterior ao humano.

Não, não havia sal naqueles olhos. Eu tinha a certeza de que os olhos da barata eram insossos. Para o sal eu sempre estivera pronta, o sal era a transcendência que eu usava para poder sentir um gosto, e poder fugir do que eu chamava de "nada". Para o sal eu estava pronta, para o sal eu toda me havia construído. Mas o que minha boca não saberia entender – era o insosso. O que eu toda não conhecia – era o neutro.

E o neutro era a vida que eu antes chamava de o nada. O neutro era o inferno.

O sol caminhara um pouco e fixara-se em minhas costas. Também ao sol estava a barata bipartida. Não posso fazer nada por você, barata. Não quero fazer nada por você.

É que não se tratava mais de fazer alguma coisa: o olhar neutro da barata me dizia que não se tratava disso, e eu o sabia. Só que não estava suportando ficar apenas sentada e sendo, e então queria fazer. Fazer seria transcender, transcender é uma saída.

Mas chegara o momento de não se tratar mais disso. Pois a barata não sabia de esperança ou piedade. Se ela não estivesse presa e se fosse maior que eu, com neutro prazer ocupado ela me mataria. Assim como o violento neutro de sua vida admitia que eu, por não estar presa e por ser maior que ela, que eu a matasse. Essa era a espécie de tranquila ferocidade neutra do deserto onde estávamos.

E seus olhos eram insossos, não salgados como eu quereria: sal seria o sentimento e a palavra e o gosto. Eu sabia que o neutro da barata tem a mesma falta de gosto de sua matéria branca. Sentada, eu estava consistindo. Sentada, consistindo, eu estava sabendo que se não chamasse as coisas de salgadas ou doces, de tristes ou alegres ou dolorosas ou mesmo com entretons de maior sutileza – que só então eu não estaria mais transcendendo e ficaria na própria coisa.

Essa coisa cujo nome desconheço, era essa coisa que, olhando a barata, eu já estava conseguindo chamar sem nome. Era-me nojento o contato com essa coisa sem qualidades nem atributos, era repugnante a coisa viva que não tem nome, nem gosto, nem cheiro. Insipidez: o gosto agora não passava de um travo: o meu próprio travo. Por um instante, então, senti uma espécie de abalada felicidade por todo o corpo, um horrível mal-estar feliz em que as pernas me pareciam sumir, como sempre em que eram tocadas as raízes de minha identidade desconhecida.

Ah, pelo menos eu já entrara a tal ponto na natureza da barata que já não queria fazer nada por ela. Estava me libertando de minha moralidade, e isso era uma catástrofe sem fragor e sem tragédia.

A moralidade. Seria simplório pensar que o problema moral em relação aos outros consiste em agir como se deveria agir, e o problema moral consigo mesmo é conseguir sentir o que se deveria sentir? Sou moral à medida que faço o que devo, e sinto como deveria? De repente a questão moral me parecia não apenas esmagadora, como extremamente mesquinha. O problema moral, para que nos ajustássemos a ele, deveria ser simultaneamente menos exigente e maior. Pois como ideal é ao mesmo tempo pequeno e inatingível. Pequeno, se se atinge; inatingível, porque nem ao menos se atinge. "O escândalo ainda é necessário, mas ai daquele por quem vem o escândalo" – era no Novo Testamento que estava dito? A solução tinha que ser secreta. A ética da moral é mantê-la em segredo. A liberdade é um segredo.

Embora eu saiba que, mesmo em segredo, a liberdade não resolve a culpa. Mas é preciso ser maior que a culpa. A minha ínfima parte divina é maior que a minha culpa humana. O Deus é maior que minha culpa essencial. Então prefiro o Deus à minha culpa. Não para me desculpar e para fugir mas porque a culpa me amesquinha.

Eu já não queria fazer nada pela barata. Estava me libertando de minha moralidade – embora isso me desse medo, curiosidade e fascínio; e muito medo. Não vou fazer nada por ti, também eu ando de rojo. Não vou fazer nada por ti porque não sei mais o sentido de amor como antes eu pensava que sabia. Também do que eu pensava sobre amor, também disso estou me despedindo, já quase não sei mais o que é, já não me lembro.

Talvez eu ache um outro nome, tão mais cruel a princípio, e tão mais ele-mesmo. Ou talvez não ache. Amor é quando não se dá nome à identidade das coisas?

Mas agora sei de algo horrível: sei o que é precisar, precisar, precisar. E é um precisar novo, num plano que só posso chamar de neutro e terrível. É um precisar sem nenhuma piedade pelo meu precisar e sem piedade pelo precisar da barata. Estava sentada, quieta, suando, exatamente como agora – e vejo que há alguma coisa mais séria e mais fatal e mais núcleo do que tudo o que eu costumava chamar por nomes. Eu, que chamava de amor a minha esperança de amor.

Mas agora, é nesta atualidade neutra da natureza e da barata e do sono vivo de meu corpo, que eu quero saber o amor. E quero saber se a esperança era uma contemporização com o impossível. Ou se era um adiamento do que é possível já – e que eu só não tenho por medo. Quero o tempo presente que não tem promessa, que é, que está sendo. Este é o núcleo do que eu quero e temo. Este é o núcleo que eu jamais quis.

A barata me tocava toda com seu olhar negro, facetado, brilhante e neutro.

E agora eu começava a deixá-la me tocar. Na verdade eu havia lutado a vida toda contra o profundo desejo de me deixar ser tocada – e havia lutado porque não tinha podido me permitir a morte daquilo a que eu chamava de minha bondade; a morte da bondade humana. Mas agora eu não queria mais lutar contra. Tinha que existir uma bondade tão outra que não se pareceria com bondade. Eu não queria mais lutar.

Com nojo, com desespero, com coragem, eu cedia. Ficara tarde demais, e agora eu queria.

Só naquele instante exato é que eu queria? Não, senão já teria saído do quarto muito antes, ou simplesmente mal teria visto a barata – quantas vezes antes as baratas me haviam acontecido e eu me desviara para outros caminhos? Eu cedia, mas com medo e dilaceramento.

Pensei que se o telefone tocasse, eu precisaria atender e ainda seria salva! Mas, como à lembrança de um mundo extinto, lembrei-me de que havia desligado o telefone. Se não fosse isso, ele soaria, eu fugiria do quarto para atender, e nunca mais oh nunca mais voltaria.

Lembrei-me de ti, quando beijara teu rosto de homem, devagar, devagar beijara, e quando chegara o momento de beijar teus olhos – lembrei-me de que então eu havia sentido o sal na minha boca, e que o sal de lágrimas nos teus olhos era o meu amor por ti. Mas, o que mais me havia ligado em susto de amor, fora, no fundo do fundo do sal, tua substância insossa e inocente e infantil: ao meu beijo tua vida mais profundamente insípida me era dada, e beijar teu rosto era insosso e ocupado trabalho paciente de amor, era mulher tecendo um homem, assim como me havias tecido, neutro artesanato de vida.

eutro artesanato de vida.

Através de um dia eu ter beijado o resíduo insípido que há no sal da lágrima, então a infamiliaridade do quarto tornou-se reconhecível, como matéria já vivida. Se até então não fora reconhecida, era porque só fora insossamente vivida pelo meu mais profundo sangue insosso. Eu reconhecia a familiaridade de tudo. As figuras na parede, eu as reconhecia com um novo modo de olhar. E também reconhecia a vigília da barata. A vigília da barata era vida vivendo, a minha própria vida vigilante se vivendo.

Apalpei os bolsos do robe, achei um cigarro e fósforos, acendi-o.

Ao sol a massa branca da barata estava ficando mais seca e ligeiramente amarelada. Isso me informava que se passara mais tempo do que eu imaginara. Uma nuvem cobriu o sol por um instante, e de repente eu via o mesmo quarto sem sol.

Não escuro mas apenas sem luz. Então percebi que o quarto existia por si mesmo, que ele não era o calor do sol, ele também podia ser frio e tranquilo como a lua. Ao imaginar a sua possível noite enluarada, respirei profundamente como se entrasse num açude calmo. Embora eu também soubesse que a lua fria também não seria o quarto. O quarto era em si mesmo. Era a alta monotonia de uma eternidade que respira. Isso me amedrontava. O mundo só não me amedrontaria se eu passasse a ser o mundo. Se eu for o mundo, não terei medo. Se a gente é o mundo, a gente é movida por um delicado radar que guia.

Quando a nuvem passou, o sol no quarto ficou ainda mais claro e branco.

De vez em quando, por um leve átimo, a barata mexia as antenas. Seus olhos continuavam monotonamente a me olhar, os dois ovários neutros e férteis. Neles eu reconhecia meus dois anônimos ovários neutros. E eu não queria, ah, como eu não queria!

Eu havia desligado o telefone, mas poderiam talvez tocar a campainha da porta, e eu estaria livre! A blusa! a blusa que eu tinha comprado, eles haviam dito que a mandariam, e então tocariam a campainha!

Não, não tocariam. Eu seria obrigada a continuar a reconhecer. E reconhecia na barata o insosso da vez em que eu estivera grávida.

– Lembrei-me de mim mesma andando pelas ruas ao saber que faria o aborto, doutor, eu que de filho só conhecia e só conheceria que ia fazer um aborto. Mas eu pelo menos estava conhecendo a gravidez. Pelas ruas sentia dentro de mim o filho que ainda não se mexia, enquanto parava olhando nas vitrines os manequins de cera sorridentes. E quando entrara no restaurante e comera, os poros de um filho devoravam como uma boca de peixe à espera. Quando eu caminhava, quando eu caminhava eu o carregava.

Durante as intermináveis horas em que andara pelas ruas resolvendo sobre o aborto, que no entanto já estava resolvido com o senhor, doutor, durante essas horas meus olhos também deviam estar insossos. Na rua eu também não passava de milhares de cílios de protozoário neutro batendo, eu já conhecia em mim mesma o olhar brilhante de uma barata que foi tomada pela cintura. Caminhara pelas ruas com meus lábios ressecados, e viver, doutor, me era o lado avesso de um crime. Gravidez: eu fora lançada no alegre horror da vida neutra que vive e se move.

E enquanto olhava as vitrines, doutor, com meus lábios tão ressecados como quem não respira pelo nariz, enquanto eu olhava os manequins fixos e sorridentes, eu estava cheia de neutro plâncton e abria a boca sufocada e quieta, eu bem disse ao senhor: "o que mais me incomoda, doutor, é que estou respirando mal". O plâncton me dava a minha cor, o Rio Tapajós é verde porque seu plâncton é verde.

Quando chegara a noite, eu ficara resolvendo sobre o aborto resolvido, deitada na cama com os meus milhares de olhos facetados espiando o escuro, com os lábios enegrecidos de respirar, sem pensar, sem pensar, resolvendo, resolvendo: naquelas noites toda eu aos poucos enegrecia de meu próprio plâncton assim como a matéria da barata amarelecia, e meu gradual enegrecimento marcava o tempo passando. E tudo isso seria amor pelo filho?

Se era, então amor é muito mais que amor: amor é antes do amor ainda: é plâncton lutando, e a grande neutralidade viva lutando. Assim como a vida na barata presa pela cintura.

O medo que eu sempre tive do silêncio com que a vida se faz. Medo do neutro. O neutro era a minha raiz mais profunda e mais viva – eu olhei a barata e sabia. Até o momento de ver a barata eu sempre havia chamado com algum nome o que eu estivesse vivendo, senão não me salvaria. Para escapar do neutro, eu há muito havia abandonado o ser pela persona, pela máscara humana. Ao me ter humanizado, eu me havia livrado do deserto.

Eu me havia livrado do deserto, sim, mas também o perdera! e perdera também as florestas, e perdera o ar, e perdera o embrião dentro de mim.

No entanto ei-la, a barata neutra, sem nome de dor ou de amor. Sua única diferenciação de vida é que ela devia ser macho ou fêmea. Eu só a pensara como fêmea, pois o que é esmagado pela cintura é fêmea.

Apaguei a ponta do cigarro que já me queimava os dedos, apaguei-o no chão minuciosamente com o chinelo e cruzei as pernas suadas, nunca pensara que perna pudesse suar tanto. Nós duas, as soterradas vivas. Tivesse eu coragem e enxugaria o suor da barata.

Sentiria ela em si algo equivalente daquilo que meu olhar via nela? Até que ponto ela se aproveitava a si mesma e aproveitava do que era? pelo menos de algum modo indireto, saberia ela que andava de rojo? ou andar de rojo não é coisa que a gente mesma saiba que está fazendo? Que sabia eu daquilo que obviamente viam em mim? como saberia se eu andava ou não com a barriga encostada na poeira do chão. A verdade não tem testemunha? ser é não saber? Se a pessoa não olha e não vê, mesmo assim a verdade existe? A verdade que não se transmite nem para quem vê. Este é o segredo de se ser uma pessoa?

Se eu quiser, mesmo agora, depois de tudo passado, ainda posso me impedir de ter visto. E então nunca saberei da verdade pela qual estou tentando passar de novo – ainda depende de mim!

Eu olhava o quarto seco e branco, de onde só via areias e areias da derrocada, umas cobrindo as outras. O minarete onde eu estava era de ouro duro. Eu estava no duro ouro que não recebe. E eu estava precisando ser recebida. Eu estava com medo.

– Mãe: matei uma vida, e não há braços que me recebam agora e na hora do nosso deserto, amém. Mãe, tudo agora tornou-se de ouro duro. Interrompi uma coisa organizada, mãe, e isso é pior que matar, isso me fez entrar por uma brecha que me mostrou, pior que a morte, que me mostrou a vida grossa e neutra amarelecendo. A barata está viva, e o olho dela é fertilizante, estou com medo de minha rouquidão, mãe.

É que minha rouquidão de muda já era a rouquidão de quem está fruindo de um inferno manso.

A rouquidão – de quem está tendo prazer. O inferno me era bom, eu estava fruindo daquele sangue branco que eu derramara. A barata é de verdade, mãe. Não é mais uma ideia de barata.

– Mãe, eu só fiz querer matar, mas olha só o que eu quebrei: quebrei um invólucro! Matar também é proibido porque se quebra o invólucro duro, e fica-se com a vida pastosa. De dentro do invólucro está saindo um coração grosso e branco e vivo com pus, mãe, bendita sois entre as baratas, agora e na hora desta tua minha morte, barata e joia.

Como se ter dito a palavra "mãe" tivesse libertado em mim mesma uma parte grossa e branca – a vibração intensa do oratório de súbito parou, e o minarete emudeceu. E como depois de uma funda crise de vômito, minha testa estava aliviada, fresca e fria. Nem mesmo o medo mais, nem mesmo o susto mais.

em mesmo o medo mais, nem mesmo o susto mais.

Eu havia vomitado meus últimos restos humanos? E não estava mais pedindo socorro. O deserto diurno estava à minha frente. E agora o oratório recomeçava mas de outro modo, agora o oratório era o som surdo do calor se refratando em paredes e tetos, em redonda abóbada. O oratório era feito dos estremecimentos do mormaço. E também o meu medo era agora diferente: não o medo de quem ainda vai entrar, mas o medo tão mais largo de quem já entrou.

Tão mais largo: era medo de minha falta de medo.

Pois foi com minha temeridade que olhei então a barata. E vi: era um bicho sem beleza para as outras espécies. E ao vê-lo, eis que o antigo medo pequeno voltou só por um instante: "juro, farei tudo o que quiserem! mas não me deixem presa no quarto da barata porque uma coisa enorme vai me acontecer, eu não quero as outras espécies! só quero as pessoas".

Mas, ao meu leve retrocesso, o oratório apenas se intensificara mais, e então fiquei quieta, sem tentar mais fazer um movimento para me ajudar. Eu já havia abandonado a mim mesma – quase podia ver lá no começo do caminho já percorrido o corpo que eu havia largado. Mas eu ainda o chamava por momentos, ainda me chamava. E era por não ouvir mais a minha resposta, que sabia que me havia abandonado já para fora de meu alcance.

Sim, a barata era um bicho sem beleza para as outras espécies. A boca: se ela tivesse dentes, seriam dentes grandes, quadrados e amarelos. Como odeio a luz do sol que revela tudo, revela até o possível. Com a ponta do robe enxuguei a testa, sem desfitar os olhos da barata, e meus próprios olhos também tinham as mesmas pestanas. Mas os teus ninguém toca, imunda. Só outra barata quereria esta barata.

E a mim – quem me quereria hoje? quem já ficara tão mudo quanto eu? quem, como eu, estava chamando o medo de amor? e querer, de amor? e precisar, de amor? Quem, como eu, sabia que nunca havia mudado de forma desde o tempo em que me haviam desenhado na pedra de uma caverna? e ao lado de um homem e de um cachorro.

De agora em diante eu poderia chamar qualquer coisa pelo nome que eu inventasse: no quarto seco se podia, pois qualquer nome serviria, já que nenhum serviria. Dentro dos sons secos de abóbada tudo podia ser chamado de qualquer coisa porque qualquer coisa se transmutaria na mesma mudez vibrante. A natureza muito maior da barata fazia com que qualquer coisa, ali entrando – nome ou pessoa – perdesse a falsa transcendência. Tanto que eu via apenas e exatamente o vômito branco de seu corpo: eu só via fatos e coisas. Sabia que estava no irredutível, embora ignorasse qual é o irredutível.

Mas também sabia que a ignorância da lei do irredutível não me escusava. Eu não poderia mais me escusar alegando que não conhecia a lei – pois conhecer-se e conhecer ao mundo é a lei que, mesmo inalcançável, não pode ser infringida, e ninguém pode escusar-se dizendo que não a conhece. Pior: a barata e eu não estávamos diante de uma lei a que devíamos obediência: nós éramos a própria lei ignorada a que obedecíamos. O pecado renovadamente original é este: tenho que cumprir a minha lei que ignoro, e se eu não cumprir a minha ignorância, estarei pecando originalmente contra a vida.

No jardim do Paraíso, quem era o monstro e quem não era? entre as casas e apartamentos, e nos espaços elevados entre os edifícios altos, nesse jardim suspenso – quem é, e quem não é? Até que ponto vou suportar nem ao menos saber o que me olha? a barata crua me olha, e sua lei vê a minha. Eu sentia que ia saber.

– Não me abandones nesta hora, não me deixes tomar sozinha esta decisão já tomada. Tive, sim, tive ainda o desejo de me refugiar na minha própria fragilidade e no argumento astucioso, embora verdadeiro, de que meus ombros eram os de uma mulher, fracos e finos. Sempre que eu havia precisado, eu me escusara com o argumento de ser mulher. Mas eu bem sabia que não é só mulher que tem medo de ver, qualquer um tem medo de ver o que é Deus.

Eu tinha medo da face de Deus, tinha medo de minha nudez final na parede. A beleza, aquela nova ausência de beleza que nada tinha daquilo que eu antes costumava chamar de beleza, me horrorizava.

– Dá-me a tua mão. Porque não sei mais do que estou falando. Acho que inventei tudo, nada disso existiu! Mas se inventei o que ontem me aconteceu – quem me garante que também não inventei toda a minha vida anterior a ontem? Dá-me a tua mão:

á-me a tua mão:

Vou agora te contar como entrei no inexpressivo que sempre foi a minha busca cega e secreta. De como entrei naquilo que existe entre o número um e o número dois, de como vi a linha de mistério e fogo, e que é linha sub-reptícia. Entre duas notas de música existe uma nota, entre dois fatos existe um fato, entre dois grãos de areia por mais juntos que estejam existe um intervalo de espaço, existe um sentir que é entre o sentir – nos interstícios da matéria primordial está a linha de mistério e fogo que é a respiração do mundo, e a respiração contínua do mundo é aquilo que ouvimos e chamamos de silêncio.

Não era usando como instrumento nenhum de meus atributos que eu estava atingindo o misterioso fogo manso daquilo que é um plasma – foi exatamente tirando de mim todos os atributos, e indo apenas com minhas entranhas vivas. Para ter chegado a isso, eu abandonava a minha organização humana – para entrar nessa coisa monstruosa que é a minha neutralidade viva.

– Sei, é ruim segurar minha mão. É ruim ficar sem ar nessa mina desabada para onde eu te trouxe sem piedade por ti, mas por piedade por mim. Mas juro que te tirarei ainda vivo daqui – nem que eu minta, nem que eu minta o que meus olhos viram. Eu te salvarei deste terror onde, por enquanto, eu te preciso. Que piedade agora por ti, a quem me agarrei. Deste-me inocentemente a mão, e porque eu a segurava é que tive coragem de me afundar. Mas não procures entender-me, faze-me apenas companhia. Sei que tua mão me largaria, se soubesse.

Como te compensar? Pelo menos também usa-me, usa-me pelo menos como túnel escuro – e quando atravessares minha escuridão te encontrarás do outro lado contigo. Não te encontrarás comigo talvez, não sei se atravessarei, mas contigo. Pelo menos não está sozinho, como ontem eu estava, e ontem eu só rezava para poder pelo menos sair viva de dentro. E não apenas viva – como estava apenas viva aquela barata primariamente monstruosa – mas organizadamente viva como uma pessoa.

A identidade – a identidade que é a primeira inerência – era a isso que eu estava cedendo? era nisso que eu havia entrado?

A identidade me é proibida, eu sei. Mas vou me arriscar porque confio na minha covardia futura, e será a minha covardia essencial que me reorganizará de novo em pessoa.

Não só através de minha covardia. Mas me reorganizarei através do ritual com que já nasci, assim como no neutro do sêmen está inerente o ritual da vida. A identidade me é proibida mas meu amor é tão grande que não resistirei à minha vontade de entrar no tecido misterioso, nesse plasma de onde talvez eu nunca mais possa sair. Minha crença, porém, também é tão profunda que, se eu não puder sair, eu sei, mesmo na minha nova irrealidade o plasma do Deus estará na minha vida.

Ah, mas ao mesmo tempo como posso desejar que meu coração veja? se meu corpo é tão fraco que não posso encarar o sol sem que meus olhos fisicamente chorem – como poderia eu impedir que meu coração resplandecesse em lágrimas fisicamente orgânicas se em nudez eu sentisse a identidade: o Deus? Meu coração que se cobriu com mil mantos.

A grande realidade neutra do que eu estava vivendo me ultrapassava na sua extrema objetividade. Eu me sentia incapaz de ser tão real quanto a realidade que estava me alcançando – estaria eu começando em contorções a ser tão nuamente real quanto o que eu via? No entanto toda essa realidade eu a vivia com um sentimento de irrealidade da realidade. Estaria eu vivendo, não a verdade, mas o mito da verdade? Toda vez em que vivi a verdade foi através de uma impressão de sonho inelutável: o sonho inelutável é a minha verdade.

Estou tentando te dizer de como cheguei ao neutro e ao inexpressivo de mim. Não sei se estou entendendo o que falo, estou sentindo – e receio muito o sentir, pois sentir é apenas um dos estilos de ser. No entanto atravessarei o mormaço estupefato que se incha do nada e terei que entender o neutro com o sentir.

O neutro. Estou falando do elemento vital que liga as coisas. Oh, não receio que não compreendas, mas que eu me compreenda mal. Se eu não me compreender, morrerei daquilo de que no entanto vivo. Deixa agora eu te dizer o mais assustador:

Eu estava sendo levada pelo demoníaco.

Pois o inexpressivo é diabólico. Se a pessoa não estiver comprometida com a esperança, vive o demoníaco. Se a pessoa tiver coragem de largar os sentimentos, descobre a ampla vida de um silêncio extremamente ocupado, o mesmo que existe na barata, o mesmo nos astros, o mesmo em si próprio – o demoníaco é *antes* do humano. E se a pessoa vê essa atualidade, ela se queima como se visse o Deus. A vida pré-humana divina é de uma atualidade que queima.

a vida pré-humana divina é de uma atualidade que queima.

Vou te dizer: é que eu estava com medo de uma certa alegria cega e já feroz que começava a me tomar. E a me perder.

A alegria de perder-se é uma alegria de sabá. Perder-se é um achar-se perigoso. Eu estava experimentando naquele deserto o fogo das coisas: e era um fogo neutro. Eu estava vivendo da tessitura de que as coisas são feitas. E era um inferno, aquele, porque naquele mundo que eu vivia não existe piedade nem esperança.

Eu entrara na orgia do sabá. Agora sei o que se faz no escuro das montanhas em noites de orgia. Eu sei! sei com horror: gozam-se as coisas. Frui-se a coisa de que são feitas as coisas – esta é a alegria crua da magia negra. Foi desse neutro que vivi – o neutro era o meu verdadeiro caldo de cultura. Eu ia avançando e sentia a alegria do inferno.

E o inferno não é a tortura da dor! é a tortura de uma alegria.

O neutro é inexplicável e vivo, procura me entender: assim como o protoplasma e o sêmen e a proteína são de um neutro vivo. E eu estava toda nova, como uma recém-iniciada. Era como se antes eu estivesse estado com o paladar viciado por sal e açúcar, e com a alma viciada por alegrias e dores – e nunca tivesse sentido o gosto primeiro. E agora sentia o gosto do nada. Velozmente eu me desviciava, e o gosto era novo como o do leite materno que só tem gosto para boca de criança. Com o desmoronamento de minha civilização e de minha humanidade – o que me era um sofrimento de grande saudade – com a perda da humanidade, eu passava orgiacamente a sentir o gosto da identidade das coisas.

É muito difícil de sentir. Até então eu estivera tão engrossada pela sentimentação que, ao experimentar o gosto da identidade real, esta parecia tão sem gosto como o gosto que tem na boca uma gota de chuva. É horrivelmente insípido, meu amor.

Meu amor, é assim como o mais insípido néctar – é como o ar que em si mesmo não tem cheiro. Até então meus sentidos viciados estavam mudos para o gosto das coisas. Mas a minha mais arcaica e demoníaca das sedes me havia levado subterraneamente a desmoronar todas as construções. A sede pecaminosa me guiava – e agora eu sei que sentir o gosto desse quase nada é a alegria secreta dos deuses. É um nada que é o Deus – e que não tem gosto.

Mas é a mais primeira alegria. E só esta, enfim, enfim! é o polo oposto ao polo do sentimento humano-cristão. Pelo polo da mais primeira alegria demoníaca, eu percebia longinquamente e pela primeira vez – que havia realmente um polo oposto.

Eu estava limpa de minha própria intoxicação de sentimentos, limpa a ponto de entrar na vida divina que era uma vida primária inteiramente sem graciosidade, vida tão primária como se fosse um maná caindo do céu e que não tem gosto de nada: maná é como uma chuva e não tem gosto. Sentir esse gosto do nada estava sendo a minha danação e o meu alegre terror.

Oh, meu amor desconhecido, lembra-te de que eu estava ali presa na mina desabada, e que a essa altura o quarto já se tornara de um familiar inexprimível, igual ao familiar verídico do sonho. E, como do sonho, o que não te posso reproduzir é a cor essencial de sua atmosfera. Como no sonho, a "lógica" era outra, era uma que não faz sentido quando se acorda, pois a verdade maior do sonho se perde.

Mas lembra-te que isso tudo acontecia eu acordada e imobilizada pela luz do dia, e a verdade de um sonho estava se passando sem a anestesia da noite. Dorme comigo acordado e só assim poderás saber de meu sono grande e saberás o que é o deserto vivo.

De súbito, ali sentada, um cansaço todo endurecido e sem nenhuma lassidão me tomara. Um pouco mais e ele me petrificaria.

Então, com cuidado, como se já tivesse em mim partes paralisadas, fui-me deitando no colchão áspero e ali, toda crispada, adormeci tão imediatamente assim como uma barata adormece na parede vertical. Não havia estabilidade humana no meu sono: era o poder de equilíbrio de uma barata que adormece à superfície de cal de uma parede.

Quando acordei, o quarto tinha um sol ainda mais branco e mais fervidamente parado. Vinda daquele sono, em cuja superfície sem profundidade minhas patas curtas se haviam agarrado, eu estremecia agora de frio.

Logo, porém, a transidez passava, e de novo, em pleno dentro do ardor do sol, eu sufocava confinada.

Devia ser mais de meio-dia. Levantei-me antes mesmo de decidir, e, mesmo inutilmente, procurei escancarar ainda mais a janela já toda escancarada e procurava respirar, ainda que fosse respirar de uma amplidão visual, eu procurava uma amplidão.

u procurava uma amplidão.

Daquele quarto escavado na rocha de um edifício, da janela do meu minarete, eu vi a perder-se de vista a enorme extensão de telhados e telhados tranquilamente escaldando ao sol. Os edifícios de apartamentos como aldeias acocoradas. Em tamanho superava a Espanha.

Além das gargantas rochosas, entre os cimentos dos edifícios, vi a favela sobre o morro e vi uma cabra lentamente subindo pelo morro. Mais além estendiam-se os planaltos da Ásia Menor. Dali eu contemplava o império do presente. Aquele era o estreito de Dardanelos. Mais além as escabrosas cristas. Tua majestosa monotonia. Ao sol a tua largueza imperial.

E mais além, já o começo das areias. O deserto nu e ardente. Quando caísse a escuridão, o frio consumiria o deserto, e nele se tremeria como nas noites do deserto. Mais ao longe, o lago salgado e azul cintilava. Para aquele lado, então devia ser a região dos grandes lagos salgados.

Sob as ondas trêmulas do mormaço, a monotonia. Através das outras janelas dos apartamentos e nos terraços de cimento, eu via um vaivém de sombras e pessoas, como dos primeiros mercadores assírios. Estes lutavam pela posse da Ásia Menor.

Eu havia desencavado talvez o futuro – ou chegara a antigas profundidades tão longinquamente vindouras que minhas mãos que as haviam desencavado não poderiam suspeitar. Ali estava eu de pé, como uma criança vestida de frade, criança sonolenta. Mas criança inquisidora. Do alto deste edifício, o presente contempla o presente. O mesmo que no segundo milênio antes de Cristo.

E eu, agora eu já não era mais uma criança inquisidora. Eu crescera e me tornara tão simples como uma rainha. Reis, esfinges e leões – eis a cidade onde vivo, e tudo extinto. Sobrei, presa por uma das pedras que desabaram. E, como o silêncio julgou a minha imobilidade como sendo a de uma morta, todos esqueceram-se de mim, foram embora sem me retirarem, e, julgada morta, fiquei assistindo. E vi, enquanto o silêncio dos que realmente haviam morrido ia-me invadindo como hera invade a boca dos leões de pedra.

E porque eu mesma estava então certa de que terminaria morrendo de inanição sob a pedra desabada que me prendia pelos membros – então vi como quem nunca vai contar. Vi, com a falta de compromisso de quem não vai contar nem a si mesmo. Via, como quem jamais precisará entender o que viu. Assim como a natureza de uma lagartixa vê: sem ter depois sequer que lembrar. A lagartixa vê – como um olho solto vê.

Eu era talvez a primeira pessoa a pisar naquele castelo no ar. Há cinco milhões de anos talvez o último troglodita tivesse olhado deste mesmo ponto, onde outrora devia ter existido uma montanha. E que depois, erosada, se tornara uma área vazia onde depois de novo se tinham erguido as cidades que por sua vez se tinham erosado. Hoje o chão é amplamente povoado por diversas raças.

De pé à janela, às vezes meus olhos descansavam no lago azul que talvez não passasse de um pedaço de céu. Mas cansava-me logo, pois o azul era feito de muita intensida de de luz. Meus olhos ofuscados iam então repousar no deserto nu e ardente, que pelo menos não tinha a dureza da cor. Daí a três milênios o petróleo secreto jorraria daquelas areias: o presente abria gigantescas perspectivas para um novo presente.

Por enquanto, hoje, eu vivia no silêncio daquilo que daí a três milênios, depois de erosado e de novo erguido, seria de novo escadas, guindastes, homens e construções. Eu estava vivendo a pré-história de um futuro. Como uma mulher que nunca teve filhos mas os terá daí a três milênios, eu já vivia hoje do petróleo que em três milênios ia jorrar.

Se ao menos eu tivesse entrado no quarto ao entardecer – hoje de noite ainda seria lua cheia, lembrei-me disso ao recordar a festa no terraço da noite anterior – eu veria a lua cheia nascer sobre o deserto.

"Ah, quero voltar para a minha casa", pedi-me de súbito, pois a lua úmida me dera saudade de minha vida. Mas daquela plataforma eu não conseguia nenhum momento de escuridão e lua. Só o braseiro, só o vento errante. E para mim nenhum cantil de água, nenhuma vasilha de comida.

Mas quem sabe, menos de um ano depois, eu faria um achado tal como ninguém e eu mesma não teria ousado esperar. Um cálice de ouro?

Pois eu estava procurando o tesouro de minha cidade.

Uma cidade de ouro e pedra, o Rio de Janeiro, cujos habitantes ao sol eram seiscentos mil mendigos. O tesouro da cidade poderia estar numa das brechas do cascalho. Mas qual delas? Aquela cidade estava precisando de um trabalho de cartografia.

Subindo com o olhar para cada vez mais longe, por elevações sempre mais escarpadas, diante de mim jaziam gigantescos blocos de edifícios que formavam um desenho pesado, ainda não indicado num mapa. Continuei com o olhar, procurava no morro os restos de alguma muralha fortificada. Ao alcançar o topo da colina, deixei os olhos circunvagarem pelo panorama. Mentalmente tracei um círculo em torno das semirruínas das favelas e conheci que ali poderia ter outrora vivido uma cidade tão grande e límpida quanto Atenas no seu apogeu, com meninos correndo entre mercadorias expostas nas ruas.

Meu método de visão era inteiramente imparcial: eu trabalhava diretamente com as evidências da visão, e sem permitir que sugestões alheias à visão predeterminassem as minhas conclusões; eu estava inteiramente preparada para surpreender a mim mesma. Mesmo que as evidências viessem contrariar tudo o que já estava em mim assentado pelo meu tranquilíssimo delírio.

Sei – por meu próprio e único testemunho – que no início desse meu trabalho de procura eu não tinha a mais fraca ideia da espécie de linguagem que me seria revelada aos poucos até que eu pudesse um dia chegar a Constantinopla. Mas já estava preparada para ter que suportar no quarto a estação quente e úmida de nosso clima, e com ela cobras, escorpiões, tarântulas e miríades de mosquitos que surgem quando se derruba uma cidade. E sabia que muitas vezes, no meu trabalho ao descampado, eu teria que partilhar meu leito com o gado.

Por enquanto o sol me abrasava à janela. Só hoje o sol me alcançara plenamente. Mas também era verdade que só quando o sol me alcançava é que eu mesma, por estar de pé, seria uma fonte de sombra – onde guardaria frescos odres de minha água.

Eu iria precisar de uma perfuratriz de doze metros, de camelos, cabras e carneiros, de um veio condutor; e precisaria usar diretamente a amplidão propriamente dita porque seria impossível reproduzir, por exemplo, num simples aquário, a riqueza de oxigênio encontrado na superfície dos oceanos.

Para sustentar sem quedas meu ânimo de trabalho, eu procuraria não esquecer que os geólogos já sabem que no subsolo do Saara há um imenso lago de água potável, lembro-me de que li isso; e que no próprio Saara os arqueólogos já escavaram restos de utensílios domésticos e de velhas colonizações: há sete mil anos, eu havia lido, naquela "região do medo" desenvolvera-se uma agricultura próspera. O deserto tem uma umidade que é preciso encontrar de novo.

Como deveria eu trabalhar? para fixar as dunas, teria que plantar dois milhões de árvores verdes, sobretudo eucaliptos – sempre antes de dormir eu tivera o hábito de ler qualquer coisa e lera muito sobre as propriedades do eucalipto.

E não me esquecer, ao começar o trabalho, de me preparar para errar. Não esquecer que o erro muitas vezes se havia tornado o meu caminho. Todas as vezes em que não dava certo o que eu pensava ou sentia – é que se fazia enfim uma brecha, e, se antes eu tivesse tido coragem, já teria entrado por ela. Mas eu sempre tivera medo de delírio e erro. Meu erro, no entanto, devia ser o caminho de uma verdade: pois só quando erro é que saio do que conheço e do que entendo. Se a "verdade" fosse aquilo que posso entender – terminaria sendo apenas uma verdade pequena, do meu tamanho.

A verdade tem que estar exatamente no que não poderei jamais compreender. E, mais tarde, seria capaz de posteriormente me entender? Não sei. O homem do futuro nos entenderá como somos hoje? Ele distraidamente, com alguma ternura distraída, afagará nossa cabeça como nós fazemos com o cão que se aproxima de nós e nos olha de dentro de sua escuridão, com olhos mudos e aflitos. Ele, o homem futuro, nos afagaria, remotamente nos compreendendo, como eu remotamente ia depois me entender, sob a memória da memória da memória já perdida de um tempo de dor, mas sabendo que nosso tempo de dor ia passar assim como a criança não é uma criança estática, é um ser crescente.

Bem, além de fixar as dunas com eucaliptos, eu tinha que não esquecer, se viesse a ser necessário, que o arroz prospera em solo salobre, cujo alto teor de sal ajuda a desbastar; disso eu também me lembrava das leituras de antes de dormir que eu, de propósito, procurava que fossem impessoais para me ajudarem a adormecer.

E de que instrumentos mais precisava eu para escavar? de picaretas, de cento e cinquenta pás, de molinetes mesmo que eu não soubesse o que era propriamente um molinete, de vagões pesados com eixos de aço, de uma forja portátil, além de pregos e barbantes. Quanto à minha fome, para a minha fome eu contaria com as tâmaras de dez milhões de palmeiras, além de amendoim e azeitona. E tinha de saber, de antemão, que, à hora de rezar do meu minarete, eu só poderia rezar para as areias.

Mas para as areias eu provavelmente estivera pronta desde que nascera: eu saberia como rezá-las, para isso eu não precisaria me adestrar de antemão, como as macumbeiras que não rezam para as coisas mas rezam as coisas. Preparada eu sempre estivera, tão adestrada que eu fora pelo medo.

Lembrei-me do que estava gravado em minha memória, e até aquele momento inutilmente: que árabes e nômades chamam o Saara de El Khela, o nada, de Tanesruft, o país do medo, de Tiniri, terra além das regiões da pastagem. Para rezar as areias, eu como eles já fora preparada pelo medo.

De novo abrasada demais, procurei os grandes lagos azuis onde mergulhei meus olhos ressecados. Lagos ou manchas luminosas do céu. Os lagos não eram feios nem bonitos. E era apenas isso o que ainda aterrorizava o meu humano. Procurei pensar no Mar Negro, procurei pensar nos persas descendo pelos desfiladeiros – mas também nisso tudo não encontrei nem beleza nem feiura, apenas as infinitas sucessões de séculos do mundo.

O que, de repente, não suportei mais.

E voltei-me de chofre para o interior do quarto que, na sua ardência, pelo menos não era povoado.

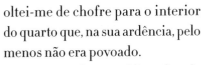Voltei-me de chofre para o interior do quarto que, na sua ardência, pelo menos não era povoado.

Não, em tudo isso eu não estivera enlouquecida ou fora de mim. Tratava-se apenas de uma meditação visual. O perigo de meditar é o de sem querer começar a pensar, e pensar já não é meditar, pensar guia para um objetivo. O menos perigoso é, na meditação, "ver", o que prescinde de palavras de pensamento. Sei que existe agora um microscópio eletrônico que apresenta a imagem de um objeto cento e sessenta mil vezes maior do que o seu tamanho natural – mas não chamarei de alucinatória a visão que se tem através desse microscópio, mesmo que não se reconheça mais o pequeno objeto que ele monstruosamente engrandeceu.

Se eu me enganei na minha meditação visual?

Absolutamente provável. Mas também nas minhas visões puramente óticas, de uma cadeira ou de um jarro, sou vítima de erro: meu testemunho visual de um jarro ou de uma cadeira é falho em vários pontos. O erro é um dos meus modos fatais de trabalho.

Sentei-me de novo na cama. Mas agora, olhando a barata, eu já sabia de muito mais.

Olhando-a, eu via a vastidão do deserto da Líbia, nas proximidades de Elschele. A barata que lá me precedera de milênios, e também precedera aos dinossauros. Diante da barata, eu já era capaz de ver ao longe Damasco, a cidade mais velha da terra. No deserto da Líbia, baratas e crocodilos? Eu estivera o tempo todo sem querer pensar no que já realmente pensara: que a barata é comível como uma lagosta, a barata era um crustáceo.

E só tenho nojo do rastejar de crocodilos porque não sou crocodilo. Tenho horror do silêncio cheio de escamas estratificadas do crocodilo.

Mas o nojo me é necessário assim como a poluição das águas é necessária para procriar-se o que está nas águas. O nojo me guia e me fecunda. Através do nojo, vejo uma noite na Galileia. A noite na Galileia é como se no escuro o tamanho do deserto andasse. A barata é um tamanho escuro andando.

Eu já estava vivendo o inferno pelo qual ainda iria passar, mas não sabia se seria apenas passar, ou nele ficar. Eu já estava sabendo que esse inferno é horrível e é bom, talvez eu mesma quisesse ficar nele. Pois eu estava vendo a vida profunda e antiga da barata. Estava vendo um silêncio que tem a profundidade de um abraço. O sol está tanto no deserto da Líbia, quanto ele está quente nele mesmo. E a terra é o sol, como é que não vi antes que a terra é o sol?

E então vai acontecer – numa rocha nua e seca do deserto da Líbia – vai acontecer o amor de duas baratas. Eu agora sei como é. Uma barata espera. Vejo o seu silêncio de coisa parda. E agora – agora estou vendo outra barata avançando lentamente e com dificuldade pelas areias em direção à rocha. Sobre a rocha, cujo dilúvio há milênios já secou, duas baratas secas. Uma é o silêncio da outra. Os matadores que se encontram: o mundo é extremamente recíproco. A vibração de um estrídulo inteiramente mudo na rocha; e nós, que chegamos a hoje, ainda vibramos com ele.

– Eu me prometo para um dia este mesmo silêncio, eu nos prometo o que aprendi agora. Só que para nós terá que ser de noite, pois somos seres úmidos e salgados, somos seres de água do mar e de lágrimas. Será também com os olhos inteiramente abertos das baratas, mas só que será de noite, pois sou bicho de grandes profundidades úmidas, não conheço a poeira das cisternas secas, e a superfície de uma rocha não é o meu lar.

Somos criaturas que precisam mergulhar na profundidade para lá respirar, como o peixe mergulha na água para respirar, só que minhas profundidades são no ar da noite. A noite é o nosso estado latente. E é tão úmida que nascem plantas. Em casas as luzes se apagam para que se ouçam mais nítidos os grilos, e para que os gafanhotos andem sobre as folhas quase sem as tocarem, as folhas, as folhas, as folhas – na noite a ansiedade suave se transmite através do oco do ar, o vazio é um meio de transporte.

Sim, para nós não será o amor no deserto diurno: somos os que nadam, o ar da noite é encharcado e é adocicado, e nós somos salgados pois que suar é a nossa exalação. Há muito tempo fui desenhada contigo numa caverna, e contigo nadei de suas profundezas escuras até hoje, nadei com meus cílios inúmeros – eu era o petróleo que só hoje jorrou, quando uma negra africana me desenhou na minha casa, fazendo-me brotar de uma parede. Sonâmbula como o petróleo que enfim jorra.

– Juro que é assim o amor. Eu sei, só porque estive sentada ali e estava sabendo. Somente à luz da barata, é que sei que tudo o que nós dois tivemos antes já era amor. Foi preciso a barata me doer tanto como se me arrancassem as unhas – e então não suportei mais a tortura e confessei, e estou delatando. Não suportei mais e estou confessando que já sabia de uma verdade que nunca teve utilidade e aplicação, e que eu teria medo de aplicar, pois não sou adulta bastante para saber usar uma verdade sem me destruir.

Se tu puderes saber através de mim, sem antes precisar ser torturado, sem antes teres que ser bipartido pela porta de um guarda-roupa, sem antes ter quebrado os teus invólucros de medo que com o tempo foram secando em invólucros de pedra, assim como os meus tiveram que ser quebrados sob a força de uma tenaz até que eu chegasse ao tenro neutro de mim – se tu puderes saber através de mim... então aprende de mim, que tive que ficar toda exposta e perder todas as minhas malas com suas iniciais gravadas.

– Adivinha-me, adivinha-me porque faz frio, perder os invólucros de lagosta faz frio. Esquenta-me com a tua adivinhação de mim, compreende-me porque eu não estou me compreendendo. Estou somente amando a barata. E é um amor infernal.

Mas tens medo, sei que sempre tiveste medo do ritual. Mas quando se foi torturada até se chegar a ser um núcleo, então se passa demoniacamente a querer servir ao ritual, mesmo que o ritual seja o ato de consumição própria – assim como para se ter o incenso o único meio é o de queimar o incenso. Ouve, porque estou tão séria como uma barata que tem cílios. Ouve:

Quando uma pessoa é o próprio núcleo, ela não tem mais divergências. Então ela é a solenidade de si própria, e não tem mais medo de consumir-se ao servir ao ritual consumidor – o ritual é o próprio processar-se da vida do núcleo, o ritual não é exterior a ele: o ritual é inerente. A barata tem o seu ritual na sua célula. O ritual – acredita em mim porque acho que estou sabendo – o ritual é a marca do Deus. E cada filho já nasce com o mesmo ritual.

– Eu sei: nós dois sempre tivemos medo de minha solenidade e da tua solenidade. Pensávamos que era uma solenidade de forma. E nós sempre disfarçávamos o que sabíamos: que viver é sempre questão de vida e morte, daí a solenidade. Sabíamos também, embora sem o dom da graça de sabê-lo, que somos a vida que está em nós, e que nós nos servimos. O único destino com que nascemos é o do ritual. Eu chamava "máscara" de mentira, e não era: era a essencial máscara da solenidade. Teríamos de pôr máscaras de ritual para nos amarmos. Os escaravelhos já nascem com a máscara com que se cumprirão. Pelo pecado original, nós perdemos a nossa máscara.

Olhei: a barata era um escaravelho. Ela toda era apenas a sua própria máscara. Através da profunda ausência de riso da barata, eu percebia a sua ferocidade de guerreiro. Ela era mansa mas sua função era feroz.

Eu sou mansa mas minha função de viver é feroz. Ah, o amor pré-humano me invade. Eu entendo, eu entendo! A forma de viver é um segredo tão secreto que é o rastejamento silencioso de um segredo. É um segredo no deserto. E eu certamente já sabia. Pois, à luz do amor de duas baratas me veio a lembrança de um amor verdadeiro que eu tivera uma vez e que não sabia que tivera – pois amor era então o que eu entendesse de uma palavra. Mas há alguma coisa que é preciso ser dita, é preciso ser dita.

as há alguma coisa que é preciso ser dita, é preciso ser dita.

– Vou te dizer o que eu nunca te disse antes, talvez seja isso o que está faltando: ter dito. Se eu não disse, não foi por avareza de dizer, nem por minha mudez de barata que tem mais olhos que boca. Se eu não disse é porque não sabia que sabia – mas agora sei. Vou te dizer que eu te amo. Sei que te disse isso antes, e que também era verdade quando te disse, mas é que só agora estou realmente dizendo. Estou precisando dizer antes que eu... Oh mas é a barata que vai morrer, não eu! não preciso desta carta de condenado numa cela...

– Não, não quero te dar o susto do meu amor. Se te assustares comigo, eu me assustarei comigo. Não tenhas medo da dor. Tenho agora tanta certeza assim como a certeza de que naquele quarto eu estava viva e a barata estava viva: tenho a certeza disto: de que as coisas todas se passam acima ou abaixo da dor. A dor não é o nome verdadeiro disso que a gente chama de dor. Ouve: estou tendo a certeza disso.

Pois, agora que não estava mais me debatendo, eu sabia quietamente que uma barata era aquela, que dor não era dor.

Ah, tivesse eu sabido do que ia acontecer no quarto, e teria pegado mais cigarros antes de entrar: eu me consumia na vontade de fumar.

– Ah, se eu pudesse te transmitir a lembrança, só agora viva, do que nós dois já vivemos sem saber. Queres te lembrar comigo? oh, sei que é difícil: mas vamos para nós. Em vez de superar-nos. Não tenhas medo agora, está a salvo porque pelo menos já aconteceu, a menos que vejas perigo em saber que aconteceu.

É que, quando amávamos, eu não sabia que o amor estava acontecendo muito mais exatamente quando não havia o que chamávamos de amor. O neutro do amor, era isso o que nós vivíamos e desprezávamos.

Estou falando é de quando não acontecia nada, e, a esse não acontecer nada, chamávamos de intervalo. Mas como era esse intervalo?

Era a enorme flor se abrindo, tudo inchado de si mesmo, minha visão toda grande e trêmula. O que eu olhava, logo se coagulava ao meu olhar e se tornava meu – mas não um coágulo permanente: se eu o apertasse nas mãos, como a um pedaço de sangue coagulado, a solidificação se liquefazia de novo em sangue por entre os dedos.

E só não era o tempo todo líquido porque, para eu poder colher as coisas com as mãos, as coisas tinham que se coagular como frutas. Nos intervalos que nós chamávamos de vazios e tranquilos, e quando pensávamos que o amor parara...

Lembro-me de minhas dores de garganta de então: as amígdalas inchadas, a coagulação em mim era rápida. E facilmente se liquefazia: minha dor de garganta passou, dizia-te eu. Como geleiras no verão, e liquefeitos os rios correm. Cada palavra nossa – no tempo que chamávamos de vazio – cada palavra era tão leve e vazia como uma borboleta: a palavra de dentro esvoaçava de encontro à boca, as palavras eram ditas mas nem as ouvíamos porque as geleiras liquefeitas faziam muito barulho enquanto corriam. No meio do fragor líquido, nossas bocas se mexiam dizendo, e na verdade só víamos as bocas se mexendo mas não as ouvíamos – olhávamos um para a boca do outro, vendo-a falar, e pouco importava que não ouvíssemos, oh em nome de Deus pouco importava.

E em nome nosso, bastava ver que a boca falava, e nós ríamos porque mal prestávamos atenção. E no entanto chamávamos esse não-ouvir de desinteresse e de falta de amor.

Mas na verdade como dizíamos! dizíamos o nada. No entanto tudo tremeluzia como quando lágrimas grossas não se desprendem dos olhos; por isso tudo tremeluzia.

Nesses intervalos nós pensávamos que estávamos descansando de um ser o outro. Na verdade era o grande prazer de um não ser o outro: pois assim cada um de nós tinha dois. Tudo iria acabar, quando acabasse o que chamávamos de intervalo de amor; e porque ia acabar, pesava trêmulo com o próprio peso de seu fim já em si. Lembro-me de tudo isso como através de um tremor de água.

Ah, será que nós originalmente não éramos humanos? e que, por necessidade prática, nos tornamos humanos? isso me horroriza, como a ti. Pois a barata me olhava com sua carapaça de escaravelho, com seu corpo rebentado que é todo feito de canos e de antenas e de mole cimento – e aquilo era inegavelmente uma verdade anterior a nossas palavras, aquilo era inegavelmente a vida que até então eu não quisera.

– Então – então pela porta da danação, eu comi a vida e fui comida pela vida. Eu entendia que meu reino é deste mundo. E isto eu entendia pelo lado do inferno em mim. Pois em mim mesma eu vi como é o inferno.

ois em mim mesma eu vi como é o inferno.

O inferno é a boca que morde e come a carne viva que tem sangue, e quem é comido uiva com o regozijo no olho: o inferno é a dor como gozo da matéria, e com o riso do gozo, as lágrimas escorrem de dor. E a lágrima que vem do riso de dor é o contrário da redenção. Eu via a inexorabilidade da barata com sua máscara de ritual. Eu via que o inferno era isso: a aceitação cruel da dor, a solene falta de piedade pelo próprio destino, amar mais o ritual de vida que a si próprio – esse era o inferno, onde quem comia a cara viva do outro espojava-se na alegria da dor.

Pela primeira vez eu sentia com sofreguidão infernal a vontade de ter tido os filhos que eu nunca tivera: eu queria que se tivesse reproduzido, não em três ou quatro filhos, mas em vinte mil a minha orgânica infernalidade cheia de prazer. Minha sobrevivência futura em filhos é que seria a minha verdadeira atualidade, que é, não apenas eu, mas minha prazerosa espécie a nunca se interromper. Não ter tido filhos me deixava espasmódica como diante de um vício negado.

Aquela barata tivera filhos e eu não: a barata podia morrer esmagada, mas eu estava condenada a nunca morrer, pois se eu morresse uma só vez que fosse, eu morreria. E eu queria não morrer mas ficar perpetuamente morrendo como gozo de dor supremo. Eu estava no inferno atravessada de prazer como um zunido baixíssimo de nervos de prazer.

E tudo isso – oh horror meu – tudo isso se passava no largo seio da indiferença... Tudo isso se perdendo a si mesmo num destino em espiral, e este não se perde a si mesmo. Nesse destino infinito, feito só de cruel atualidade, eu, como uma larva – na minha mais profunda inumanidade, pois o que até então me havia escapado fora a minha real inumanidade – eu e nós como larvas nos devoramos em carne mole.

E não há punição! Eis o inferno: não há punição. Pois no inferno fazemos o regozijo supremo do que seria a punição, da punição fazemos neste deserto mais um êxtase de riso com lágrimas, da punição fazemos no inferno uma esperança de gozo.

Este era então o outro lado da humanização e da esperança?

No inferno, essa fé demoníaca de que não sou responsável. E que é a fé na vida orgíaca. A orgia do inferno é a apoteose do neutro. A alegria do sabá é a alegria de perder-se no atonal.

O que ainda me assustava era que até mesmo o horror impunível ia ser generosamente reabsorvido pelo abismo do tempo interminável, pelo abismo das alturas intermináveis, pelo profundo abismo do Deus: absorvido pelo seio de uma indiferença.

Tão diversa da indiferença humana. Pois aquela era uma indiferença-interessada, uma indiferença que se cumpre.

Era uma indiferença extremamente enérgica. E tudo em silêncio, naquele meu inferno. Pois os risos fazem parte do volume do silêncio, só no olho faiscava o prazer-indiferente, mas o riso era no próprio sangue e não se ouve.

E tudo isto é neste próprio instante, é no já. Mas ao mesmo tempo o instante atual é todo remoto por causa do tamanho--grandeza do Deus. Por causa do enorme tamanho perpétuo é que, mesmo o que existe já, é remoto: no próprio instante em que se quebra no armário a barata, ela também é remota em relação ao seio da grande indiferença-interessada que a reabsorve impunemente.

A grandiosa indiferença – era isto o que estava existindo dentro de mim?

A grandeza infernal da vida: pois nem meu corpo me delimita, a misericórdia não vem fazer com que o corpo me delimite. No inferno, o corpo não me delimita, e a isso chamo de alma? Viver a vida que não é mais a de meu corpo – a isto eu chamo de alma impessoal?

E minha alma impessoal me queima. A grandiosa indiferença de um astro é a alma da barata, o astro é a própria exorbitância do corpo da barata. A barata e eu aspiramos a uma paz que não pode ser nossa – é uma paz além do tamanho e do destino dela e meu. E porque minha alma é tão ilimitada que já não é eu, e porque ela está tão além de mim – é que sempre sou remota a mim mesma, sou me inalcançável como me é inalcançável um astro. Eu me contorço para conseguir alcançar o tempo atual que me rodeia, mas continuo remota em relação a este mesmo instante. O futuro, ai de mim, me é mais próximo que o instante já.

A barata e eu somos infernalmente livres porque a nossa matéria viva é maior que nós, somos infernalmente livres porque minha própria vida é tão pouco cabível dentro de meu corpo que não consigo usá-la. Minha vida é mais usada pela terra do que por mim, sou tão maior do que aquilo que eu chamava de "eu" que, somente tendo a vida do mundo, eu me teria. Seria necessário uma horda de baratas para fazer um ponto ligeiramente sensível no mundo – no entanto uma única barata, apenas pela sua atenção-vida, essa única barata é o mundo.

Toda a parte mais inatingível de minha alma e que não me pertence – é aquela que toca na minha fronteira com o que já não é eu, e à qual me dou. Toda a minha ânsia tem sido esta proximidade inultrapassável e excessivamente próxima. Sou mais aquilo que em mim não é.

E eis que a mão que eu segurava me abandonou. Não, não. Eu é que larguei a mão porque agora tenho que ir sozinha.

Se eu conseguir voltar do reino da vida tornarei a pegar a tua mão, e a beijarei grata porque ela me esperou, e esperou que meu caminho passasse, e que eu voltasse magra, faminta e humilde: com fome apenas do pouco, com fome apenas do menos.

Porque, ali sentada e quieta, eu passara a querer viver a minha própria remotidão como único modo de viver a minha atualidade. E isso, que é aparentemente inocente, isso era de novo um fruir que se parecia com um gozo horrendo e cósmico.

Para revivê-lo, solto a tua mão.

Porque nesse fruir não havia piedade. Piedade é ser filho de alguém ou de alguma coisa – mas ser o mundo é a crueldade. As baratas se roem e se matam e se penetram em procriação e se comem num eterno verão que anoitece – o inferno é um verão que fervilha e quase anoitece. A atualidade não vê a barata, o tempo presente olha-a de tão grande distância que das alturas não a enxerga, e somente vê um deserto silencioso – o tempo presente não suspeita sequer, no deserto nu, a orgíaca festa de ciganos.

Onde, reduzidos a pequenos chacais, nós nos comemos em riso. Em riso de dor – e livres. O mistério do destino humano é que somos fatais, mas temos a liberdade de cumprir ou não o nosso fatal: de nós depende realizarmos o nosso destino fatal. Enquanto que os seres inumanos, como a barata, realizam o próprio ciclo completo, sem nunca errar porque eles não escolhem. Mas de mim depende eu vir livremente a ser o que fatalmente sou. Sou dona de minha fatalidade e, se eu decidir não cumpri-la, ficarei fora de minha natureza especificamente viva. Mas se eu cumprir meu núcleo neutro e vivo, então, dentro de minha espécie, estarei sendo especificamente humana.

– Mas é que tornar-se humano pode se transformar em ideal e sufocar-se de acréscimos... Ser humano não deveria ser um ideal para o homem que é fatalmente humano, ser humano tem que ser o modo como eu, coisa viva, obedecendo por liberdade ao caminho do que é vivo, sou humana. E não preciso cuidar sequer de minha alma, ela cuidará fatalmente de mim, e não tenho que fazer para mim mesma uma alma: tenho apenas que escolher viver. Somos livres, e este é o inferno. Mas há tantas baratas que parece uma prece.

Meu reino é deste mundo... e meu reino não era apenas humano. Eu sabia. Mas saber disso espalharia a vida-morte, e um filho no meu ventre estaria ameaçado de ser comido pela própria vida-morte, e sem que uma palavra cristã tivesse um sentido... Mas é que há tantos filhos no ventre que parece uma prece.

Naquele momento eu ainda não entendera que o primeiro esboço do que seria uma prece já estava nascendo do inferno feliz onde eu entrara, e de onde eu já não queria mais sair.

Daquele país de ratos e tarântulas e baratas, meu amor, em que o regozijo pinga em gordas gotas de sangue.

Só a misericórdia do Deus poderia me tirar da terrível alegria indiferente em que eu me banhava, toda plena.

Pois eu exultava. Eu conhecia a violência do escuro alegre – eu estava feliz como o demônio, o inferno é o meu máximo.

O inferno é o meu máximo.

Eu estava em pleno seio de uma indiferença que é quieta e alerta. E no seio de um indiferente amor, de um indiferente sono acordado, de uma dor indiferente. De um Deus que, se eu amava, não compreendia o que Ele queria de mim. Sei, Ele queria que eu fosse o seu igual, e que a Ele me igualasse por um amor de que eu não era capaz.

Por um amor tão grande que seria de um pessoal tão indiferente – como se eu não fosse uma pessoa. Ele queria que eu fosse com Ele o mundo. Ele queria minha divindade humana, e isso tivera que começar por um despojamento inicial do humano construído.

E eu dera o primeiro passo: pois pelo menos eu já sabia que ser um humano é uma sensibilização, um orgasmo da natureza. E que, só por uma anomalia da natureza, é que, em vez de sermos o Deus, assim como os outros seres O são, em vez de O sermos, nós queríamos vê-Lo. Não faria mal vê-Lo, se fôssemos tão grandes quanto Ele. Uma barata é maior que eu porque sua vida se entrega tanto a Ele que ela vem do infinito e passa para o infinito sem perceber, ela nunca se descontinua.

Eu dera o primeiro grande passo. Mas o que me aconteceera?

Eu caíra na tentação de ver, na tentação de saber e de sentir. Minha grandeza, à procura da grandeza do Deus, levara-me à grandeza do inferno. Eu não conseguia entender a Sua organização senão através do espasmo de uma exultação demoníaca. A curiosidade me expulsara do aconchego – e eu encontrava o Deus indiferente que é todo bom porque não é ruim nem bom, eu estava no seio de uma matéria que é a explosão indiferente de si mesma. A vida estava tendo a força de uma indiferença titânica. Uma titânica indiferença que está interessada em caminhar. E eu, que quisera caminhar com ela, ficara enganchada pelo prazer que me tornava apenas infernal.

A tentação do prazer. A tentação é comer direto na fonte. A tentação é comer direto na lei. E o castigo é não querer mais parar de comer, e comer-se a si próprio que sou matéria igualmente comível. E eu procurava a danação como uma alegria. Eu procurava o mais orgíaco de mim mesma. Eu nunca mais repousaria: eu havia roubado o cavalo de caçada de um Rei da alegria. Eu era agora pior do que eu mesma!

Nunca mais repousarei: roubei o cavalo de caçada do Rei do sabá. Se adormeço um instante, o eco de um relincho me desperta. E é inútil não ir. No escuro da noite o resfolegar me arrepia. Finjo que durmo mas no silêncio o ginete respira. Não diz nada mas respira, espera e respira. Todos os dias será a mesma coisa: já ao entardecer começo a ficar melancólica e pensativa. Sei que o primeiro tambor na montanha fará a noite, sei que o terceiro já me terá envolvido na sua trovoada.

E ao quinto tambor já estarei inconsciente na minha cobiça. Até que de madrugada, aos últimos tambores levíssimos, me encontrarei sem saber como junto a um regato, sem jamais saber o que fiz, ao lado da enorme e cansada cabeça do cavalo.

Cansada de quê? Que fizemos nós, os que trotam no inferno da alegria? Há dois séculos que não vou. Da última vez que desci da sela enfeitada, era tão grande a minha tristeza humana que jurei que nunca mais. O trote porém continua em mim. Converso, arrumo a casa, sorrio, mas sei que o trote está em mim. Sinto falta como quem morre. Não posso mais deixar de ir.

E sei que de noite, quando ele me chamar, irei. Quero que ainda uma vez o cavalo conduza o meu pensamento. Foi com ele que aprendi. Se é pensamento esta hora entre latidos. Os cães latem, começo a entristecer porque sei, com o olho já resplandecendo, que irei. Quando de noite ele me chama para o inferno, eu vou. Desço como um gato pelos telhados. Ninguém sabe, ninguém vê. Apresento-me no escuro, muda e em fulgor. Correm atrás de nós cinquenta e três flautas. À nossa frente uma clarineta nos alumia. E nada mais me é dado saber.

De madrugada eu nos verei exaustos junto ao regato, sem saber que crimes cometemos até chegar a madrugada. Na minha boca e nas suas patas a marca do sangue. O que imolamos? De madrugada estarei de pé ao lado do ginete mudo, com os primeiros sinos de uma Igreja escorrendo pelo regato, com o resto das flautas ainda escorrendo dos cabelos.

A noite é a minha vida, entardece, a noite feliz é a minha vida triste – rouba, rouba de mim o ginete porque de roubo em roubo até a madrugada eu já roubei, e dela fiz um pressentimento: rouba depressa o ginete enquanto é tempo, enquanto ainda não entardece, se é que ainda há tempo, pois ao roubar o ginete tive que matar o Rei, e ao assassiná-lo roubei a morte do Rei. E a alegria do assassinato me consome em prazer.

Eu estava comendo a mim mesma, que também sou matéria viva do sabá.

u estava comendo a mim mesma, que também sou matéria viva do sabá.

Não seria esta, embora muito mais do que esta, a tentação pela qual passavam os santos? E de onde aquele que seria ou não santo, sai ou não santificado. Desta tentação no deserto, eu, leiga, a insanta, sucumbiria ou sairia dela pela primeira vez como ser vivo.

– Escuta, existe uma coisa que se chama santidade humana, e que não é a dos santos. Tenho medo de que nem o Deus compreenda que a santidade humana é mais perigosa que a santidade divina, que a santidade dos leigos é mais dolorosa. Embora o próprio Cristo tenha sabido que se com Ele haviam feito o que fizeram, conosco fariam muito mais, pois Ele dissera: "Se fizeram isto com o ramo verde, o que farão com os secos?"

Provação. Agora entendo o que é provação. Provação: significa que a vida está me provando. Mas provação: significa que eu também estou provando. E provar pode se transformar numa sede cada vez mais insaciável.

Espera por mim: vou te tirar do inferno a que desci. Ouve, ouve:

Pois do regozijo sem remissão, já estava nascendo em mim um soluço que mais parecia de alegria. Não era um soluço de dor, eu nunca o ouvira antes: era o de minha vida se partindo para me procriar. Naquelas areias do deserto eu estava começando a ser de uma delicadeza de primeira tímida oferenda, como a de uma flor. Que oferecia eu? que podia eu oferecer de mim – eu, que estava sendo o deserto, eu, que o havia pedido e tido?

Eu oferecia o soluço. Chorava enfim dentro de meu inferno. As asas mesmo do negror eu as uso e as suo, e as usava e suava para mim – que és Tu, tu, fulgor do silêncio. Eu não sou Tu, mas mim é Tu. Só por isso jamais poderei Te sentir direto: porque és mim.

Oh Deus, eu estava começando a entender com enorme surpresa: que minha orgia infernal era o próprio martírio humano.

Como poderia eu ter adivinhado? se não sabia que no sofrimento se ria. É que não sabia que se sofria assim. Então havia chamado de alegria o meu mais profundo sofrimento.

E no soluço o Deus veio a mim, o Deus me ocupava toda agora. Eu oferecia o meu inferno a Deus. O primeiro soluço fizera – de meu terrível prazer e de minha festa – uma dor nova: que era agora tão leve e desamparada como a flor de meu próprio deserto. As lágrimas que agora escorriam eram como por um amor. O Deus, que nunca podia ser entendido por mim senão como eu O entendi: me quebrando assim como uma flor que ao nascer mal suporta se erguer e parece quebrar-se.

Mas agora, que eu sabia que minha alegria fora o sofrimento, eu me perguntava se estava fugindo para um Deus por não suportar minha humanidade. Pois precisava de alguém que não fosse mesquinho como eu, alguém que fosse tão mais largo do que eu a ponto de admitir a minha desgraça sem usar sequer a piedade e o consolo – alguém que fosse, que fosse! e não, como eu, uma acusadora da natureza, não como eu, uma espantada pela força de meus próprios ódios e amores.

Neste instante, agora, uma dúvida me surpreende. Deus, ou o que És chamado: eu só peço agora uma ajuda: mas que agora me ajudes não obscuramente como me és, mas desta vez claramente e em campo aberto.

Pois preciso saber exatamente isto: estou sentindo o que estou sentindo, ou estou sentindo o que eu queria sentir? ou estou sentindo o que precisaria sentir?

Porque não quero mais sequer a concretização de um ideal, quero é ser apenas uma semente. Mesmo que depois, dessa semente, nasçam de novo os ideais, ou os verdadeiros, que são um nascimento de caminho, ou os falsos, que são os acréscimos. Estaria eu sentindo o que desejaria sentir? Pois a diferença de um milímetro é enorme, e este espaço de um milímetro pode me salvar pela verdade ou de novo me fazer perder tudo o que vi. É perigoso. Os homens elogiam muito o que sentem. O que é tão perigoso como execrar o que se sente.

Eu oferecera meu inferno ao Deus. E minha crueldade, meu amor, minha crueldade parara de súbito. E de súbito aquele mesmo deserto era o esboço ainda vago do que se chamou de paraíso. A umidade de um paraíso. Não outra coisa, mas aquele mesmo deserto. E eu estava surpreendida como se é surpreendido por uma luz que vem do nada.

Entendia eu que aquilo que eu experimentara, aquele núcleo de rapacidade infernal, era o que se chama de amor? Mas – amor-neutro?

Amor neutro. O neutro soprava. Eu estava atingindo o que havia procurado a vida toda: aquilo que é a identidade mais última e que eu havia chamado de inexpressivo. Fora isso o que sempre estivera nos meus olhos no retrato: uma alegria inexpressiva, um prazer que não sabe que é prazer – um prazer delicado demais para a minha grossa humanidade que sempre fora feita de conceitos grossos.

– Fiz tal esforço em me falar de um inferno que não tem palavras. Agora como falarei de um amor que não tem senão aquilo que se sente, e diante do qual a palavra "amor" é um objeto empoeirado?

O inferno pelo qual eu passara – como te dizer? – fora o inferno que vem do amor. Ah, as pessoas põem a ideia de pecado em sexo. Mas como é inocente e infantil esse pecado. O inferno mesmo é o do amor. Amor é a experiência de um perigo de pecado maior – é a experiência da lama e da degradação e da alegria pior. Sexo é o susto de uma criança. Mas como falarei para mim mesma do amor que eu agora sabia?

É quase impossível. É que no neutro do amor está uma alegria contínua, como um barulho de folhas ao vento. E eu cabia na nudez neutra da mulher da parede. O mesmo neutro, aquele que me havia consumido em perniciosa e ávida alegria, era nesse mesmo neutro que eu agora ouvia outra espécie de alegria contínua de amor. O que é Deus estava mais no barulho neutro das folhas ao vento que na minha antiga prece humana.

A menos que eu pudesse fazer a prece verdadeira, e que aos outros e a mim mesma pareceria a cabala de uma magia negra, um murmúrio neutro.

Esse murmúrio, sem nenhum sentido humano, seria a minha identidade tocando na identidade das coisas. Sei que, em relação ao humano, essa prece neutra seria uma monstruosidade. Mas em relação ao que é Deus, seria: ser.

Eu fora obrigada a entrar no deserto para saber com horror que o deserto é vivo, para saber que uma barata é a vida. Havia recuado até saber que em mim a vida mais profunda é antes do humano – e para isso eu tivera a coragem diabólica de largar os sentimentos. Eu tivera que não dar valor humano à vida para poder entender a larguiza, muito mais que humana, do Deus. Havia eu pedido a coisa mais perigosa e proibida? arriscando a minha alma, teria eu ousadamente exigido ver Deus?

E agora eu estava como diante Dele e não entendia – estava inutilmente de pé diante Dele, e era de novo diante do nada. A mim, como a todo o mundo, me fora dado tudo, mas eu quisera mais: quisera saber desse tudo. E vendera a minha alma para saber. Mas agora eu entendia que não a vendera ao demônio, mas muito mais perigosamente: a Deus. Que me deixara ver. Pois Ele sabia que eu não saberia ver o que visse: a explicação de um enigma é a repetição do enigma. O que És? e a resposta é: És. O que existes? e a resposta é: o que existes. Eu tinha a capacidade da pergunta, mas não a de ouvir a resposta.

Não, nem a pergunta eu soubera fazer. No entanto a resposta se impunha a mim desde que eu nascera. Fora por causa da resposta contínua que eu, em caminho inverso, fora obrigada a buscar a que pergunta ela correspondia. Então eu me havia perdido num labirinto de perguntas e fazia perguntas a esmo, esperando que uma delas ocasionalmente correspondesse à da resposta e então eu pudesse entender a resposta.

Mas era como uma pessoa que, tendo nascido cega e não tendo ninguém a seu lado que tivesse tido visão, essa pessoa não pudesse sequer formular uma pergunta sobre a visão: ela não saberia que existia ver. Mas, como na verdade existia a visão, mesmo que essa pessoa em si mesma não a soubesse e nem tivesse ouvido falar, essa pessoa estaria parada, inquieta, atenta, sem saber perguntar sobre o que não sabia que existe – ela sentiria falta do que deveria ser seu.

la sentiria falta do que deveria ser seu.

– Não. Eu não te contei tudo. Ainda queria ver se escapava contando a mim mesma só um pouco. Mas a minha liberação só se fará se eu tiver o despudor de minha própria incompreensão.

Porque, sentada na cama, eu então me disse:

– Me deram tudo, e olha só o que é tudo! é uma barata que é viva e que está à morte. E então olhei o trinco da porta. Depois olhei a madeira do guarda-roupa. Olhei o vidro da janela. Olha só o que é tudo: é um pedaço de coisa, é um pedaço de ferro, de saibro, de vidro. Eu me disse: olha pelo que lutei, para ter exatamente o que eu já tinha antes, rastejei até as portas se abrirem para mim, as portas do tesouro que eu procurava: e olha o que era o tesouro!

O tesouro era um pedaço de metal, era um pedaço de cal de parede, era um pedaço de matéria feita em barata.

Desde a pré-história eu havia começado a minha marcha pelo deserto, e sem estrela para me guiar, só a perdição me guiando, só o descaminho me guiando – até que, quase morta pelo êxtase do cansaço, iluminada de paixão, eu enfim encontrara o escrínio. E no escrínio, a faiscar de glória, o segredo escondido. O segredo mais remoto do mundo, opaco mas me cegando com a irradiação de sua existência simples, ali faiscando em glória que me doía nos olhos. Dentro do escrínio o segredo:

Um pedaço de coisa.

Um pedaço de ferro, uma antena de barata, uma caliça de parede.

Minha exaustão se prostrava aos pés do pedaço de coisa, adorando infernalmente. O segredo da força era a força, o segredo do amor era o amor – e a joia do mundo é um pedaço opaco de coisa.

O opaco me reverberava nos olhos. O segredo de minha trajetória milenar de orgia e morte e glória e sede até eu finalmente encontrar o que eu sempre tivera, e para isso tinha precisado morrer antes. Ah, estou sendo tão direta que chego a parecer simbólica.

Um pedaço de coisa? o segredo dos faraós. E por causa desse segredo eu quase dera a minha vida...

Mais, muito mais: para ter esse segredo, que agora mesmo eu continuava a não entender, de novo eu daria a minha vida. Eu arriscara o mundo em busca da pergunta que é posterior à resposta. Uma resposta que continuava secreta, mesmo ao ser revelada a que pergunta ela correspondia. Eu não havia encontrado uma resposta humana ao enigma. Mas muito mais, oh muito mais: encontrara o próprio enigma. A mim fora me dado demais. Que faria eu com o que me fora dado? "Que não se dê aos cães a coisa santa."

E nem ao menos eu estava tocando na coisa. Estava apenas tocando no espaço que vai de mim ao nó vital – eu estava dentro da zona de vibração coesa e controlada do nó vital. O nó vital vibra à vibração de minha chegada.

Minha maior aproximação possível para a distância de um passo. O que impede esse passo à frente de ser dado? É a irradiação opaca, simultaneamente da coisa e de mim. Por semelhança, nós nos repelimos; por semelhança não entramos um no outro. E se o passo fosse dado?

Não sei, não sei. Pois a coisa nunca pode ser realmente tocada. O nó vital é um dedo apontando-o – e, aquilo que foi apontado, desperta como um miligrama de *radium* no escuro tranquilo. Então ouvem-se os grilos molhados. A luz do miligrama não altera o escuro. Pois o escuro não é iluminável, o escuro é um modo de ser: o escuro é o nó vital do escuro, e nunca se toca no nó vital de uma coisa.

A coisa para mim terá que se reduzir a ser apenas aquilo que rodeia o intocável da coisa? Meu Deus, dá-me o que fizeste. Ou já deste? e sou eu que não posso dar o passo que me dará o que já fizeste? O que fizeste sou eu? e não consigo dar o passo para mim, mim que és Coisa e Tu. Dá-me o que és em mim. Dá-me o que és nos outros, Tu és o ele, eu sei, eu sei porque quando toco eu vejo o ele. Mas o ele, o homem, cuida do que lhe deste e envolve-se num invólucro feito especialmente para eu tocar e ver. E eu quero mais do que o invólucro que também amo. Eu quero o que eu Te amo.

Mas eu só havia encontrado, além do invólucro, o próprio enigma. E tremia toda por medo do Deus.

Tremo de medo e adoração pelo que existe.

O que existe, e que é apenas um pedaço de coisa, no entanto tenho de pôr a mão nos olhos contra o opaco dessa coisa. Ah, a violenta inconsciência amorosa do que existe ultrapassa a possibilidade de minha consciência. Tenho medo de tanta matéria – a matéria vibra de atenção, vibra de processo, vibra de atualidade inerente. O que existe bate em ondas fortes contra o grão inquebrantável que sou, e este grão rola entre abismos de vagalhões tranquilos de existência, rola e não se dissolve, esse grão-semente.

De que sou eu a semente? Semente de coisa, semente de existência, semente desses mesmos vagalhões de amor-neutro. Eu, pessoa, sou um germe. O germe é apenas sensível – esta é a sua única particular inerência. O germe dói. O germe é ávido e esperto. Minha avidez é a minha mais inicial fome: sou pura porque sou ávida.

Do germe que sou, também é feita esta matéria alegre: a coisa. Que é uma existência satisfeita em se processar, profundamente ocupada em apenas se processar, e o processo vibra todo. Esse pedaço de coisa dentro do escrínio é o segredo do cofre. E o próprio cofre também é feito do mesmo segredo, o escrínio onde se encontra a joia do mundo, também o escrínio é feito do mesmo segredo.

Ah, e tudo isso eu não quero! Odeio o que consegui ver. Não quero esse mundo feito de coisa!

Não quero. Mas não posso me impedir de me sentir toda ampliada dentro de mim pela pobreza do opaco e do neutro: a coisa é viva como ervas. E se isso é o inferno, é o próprio paraíso: a escolha é minha. Eu é que serei demoníaca ou anjo; se eu for demoníaca, este é o inferno; se eu for anjo, este é o paraíso. Ah, envio meu anjo para aparelhar o caminho diante de mim. Não, não o meu anjo: mas a minha humanidade e sua misericórdia.

Enviei o meu anjo para aparelhar o caminho diante de mim e para avisar às pedras que eu ia chegar e que se adoçassem à minha incompreensão.

E foi o meu anjo mais suave quem encontrou o pedaço de coisa. Ele não podia encontrar senão o que era. Pois mesmo quando algo cai do céu, é um meteorito, isto é, um pedaço de coisa. O meu anjo me deixa ser a adoradora de um pedaço de ferro ou de vidro.

Mas é a mim que caberá impedir-me de dar nome à coisa. O nome é um acréscimo e impede o contato com a coisa. O nome da coisa é um intervalo para a coisa. A vontade do acréscimo é grande – porque a coisa nua é tão tediosa.

orque a coisa nua é tão tediosa.

Ah, então era por isso que eu sempre havia tido uma espécie de amor pelo tédio.

E um contínuo ódio dele.

Porque o tédio é insosso e se parece com a coisa mesmo. E eu não fora grande bastante: só os grandes amam a monotonia. O contato com supersom do atonal tem uma alegria inexpressiva que só a carne, no amor, tolera. Os grandes têm a qualidade vital da carne, e, não só toleram o atonal, como a ele aspiram.

Minhas antigas construções haviam consistido em continuamente tentar transformar o atonal em tonal, em dividir o infinito numa série de finitos, e sem perceber que finito não é quantidade, é qualidade. E meu grande desconforto nisso tudo tinha sido o de sentir que, por mais longa que fosse a série de finitos, ela não esgotava a qualidade residual do infinito.

Mas o tédio – o tédio fora a única forma como eu pudera sentir o atonal. E eu só não soubera que gostava do tédio porque sofria dele. Mas em matéria de viver, o sofrimento não é medida de vida: o sofrimento é subproduto fatal e, por mais agudo, é negligenciável.

Oh, e eu que deveria ter percebido tudo isso tão anteriormente! Eu, que tinha como meu tema secreto o inexpressivo. Um rosto inexpressivo me fascinava; o momento que não era clímax me atraía. A natureza, o que eu gostava na natureza era o seu inexpressivo vibrante.

– Ah, não sei como te dizer, já que só fico eloquente quando erro, o erro me leva a discutir e a pensar. Mas como te falar, se há um silêncio quando acerto? Como te falar do inexpressivo?

Até mesmo na tragédia, pois a verdadeira tragédia está na inexorabilidade do seu inexpressivo, que é sua identidade nua.

Às vezes – às vezes nós mesmos manifestamos o inexpressivo – em arte se faz isso, em amor de corpo também – manifestar o inexpressivo é criar. No fundo somos tão, tão felizes! pois não há uma forma única de entrar em contato com a vida, há inclusive as formas negativas! inclusive as dolorosas, inclusive as quase impossíveis – e tudo isso, tudo isso antes de morrer, tudo isso mesmo enquanto estamos acordados! E há também às vezes a exasperação do atonal, que é de uma alegria profunda: o atonal exasperado é o voo se alçando – a natureza é o atonal exasperado, foi assim que os mundos se formaram: o atonal exasperou-se.

E que se vejam as folhas, como elas são verdes e pesadas, elas se exasperam em coisa, que cegas são as folhas e que verdes elas são. E que se sinta na mão como tudo tem um peso, à mão inexpressiva o peso não escapa. Que não se acorde quem está todo ausente, quem está absorto está sentindo o peso das coisas. Uma das provas da coisa é o peso: só voa o que tem peso. E só cai – o meteorito celeste – o que tem peso.

Ou tudo isso é ainda eu estar querendo o gozo das palavras das coisas? ou isso é ainda eu estar querendo o orgasmo da beleza extrema, do entendimento, do extremo gesto de amor?

Porque o tédio é de uma felicidade primária demais! E é por isso que me é intolerável o paraíso. E eu não quero o paraíso, tenho saudade do inferno! Não estou à altura de ficar no paraíso porque o paraíso não tem gosto humano! tem gosto de coisa, e a coisa vital não tem gosto, tanto que sangue na boca quando eu me corto e chupo o sangue, eu me espanto porque meu próprio sangue não tem gosto humano.

E o leite materno, que é humano, o leite materno é muito antes do humano e não tem gosto, não é nada, eu já experimentei – é como olho esculpido de estátua que é vazio e não tem expressão, pois quando a arte é boa é porque tocou no inexpressivo, a pior arte é a expressiva, aquela que transgride o pedaço de ferro e o pedaço de vidro, e o sorriso, e o grito.

– Ah, mão que me segura, se eu não tivesse precisado tanto de mim para formar minha vida, eu já teria tido a vida!

Mas é que isso, no plano humano, seria a destruição: viver a vida em vez de viver a própria vida é proibido. É pecado entrar na matéria divina. E esse pecado tem uma punição irremediável: a pessoa que ousa entrar neste segredo, ao perder sua vida individual, desorganiza o mundo humano. Também eu poderia ter deixado minhas sólidas construções no ar, mesmo sabendo que elas eram desmanteláveis – se não tivesse sido pela tentação. E a tentação pode fazer com que não se passe à outra margem.

Mas por que não ficar dentro, sem tentar atravessar até a margem oposta? Ficar dentro da coisa é a loucura. Não quero ficar dentro, senão a minha humanização anterior, que foi tão gradual, passaria a não ter tido fundamento.

E eu não quero perder a minha humanidade! ah, perdê-la dói, meu amor, como largar um corpo ainda vivo e que se recusa a morrer como os pedaços cortados de uma lagartixa.

Mas agora era tarde demais. Eu teria que ser maior que meu medo e teria que ver de que fora feita a minha humanização anterior. Ah, tenho que acreditar com tanta fé na semente verdadeira e oculta de minha humanidade, que não devo ter medo de ver a humanização por dentro.

ão devo ter medo de ver a humanização por dentro.

— Dá-me de novo a tua mão, não sei ainda como me consolar da verdade.

Mas — sente um instante comigo — a maior falta de crença na verdade da humanização seria pensar que a verdade destruiria a humanização. Espera por mim, espera: sei que depois saberei como encaixar tudo isso na praticidade diária, não esqueças que também eu preciso da vida diária!

Mas vê, meu amor, a verdade não pode ser má. A verdade é o que é — e, exatamente por ser imutavelmente o que é, ela tem que ser a nossa grande segurança, assim como ter desejado o pai ou a mãe é tão fatal que isto tem que ter sido o nosso fundamento. Assim, pois, entende? por que teria eu medo de comer o bem e o mal? se eles existem é porque é isto que existe.

Espera por mim, sei que estou indo para alguma coisa que dói porque estou perdendo outras — mas espera que eu ainda continue um pouco. Disso tudo, quem sabe, poderá nascer um nome! um nome sem palavra, mas que talvez enraíze a verdade na minha formação humana.

Não te assustes como estou assustada: não pode ser ruim ter visto a vida no seu plasma. É perigoso, é pecado, mas não pode ser ruim porque nós somos feitos desse plasma.

– Escuta, não te assustes: lembra-te que eu comi do fruto proibido e no entanto não fui fulminada pela orgia de ser. Então, ouve: isso quer dizer que me salvarei ainda mais do que eu me salvaria se não tivesse comido da vida... Ouve, por eu ter mergulhado no abismo é que estou começando a amar o abismo de que sou feita. A identidade pode ser perigosa por causa do intenso prazer que se tornasse apenas prazer. Mas agora estou aceitando amar a coisa!

E não é perigoso, juro que não é perigoso.

Pois o estado de graça existe permanentemente: nós estamos sempre salvos. Todo o mundo está em estado de graça. A pessoa só é fulminada pela doçura quando percebe que está em graça, sentir que se está em graça é que é o dom, e poucos se arriscam a conhecer isso em si. Mas não há perigo de perdição, agora eu sei: o estado de graça é inerente.

– Escuta. Eu estava habituada somente a transcender. Esperança para mim era adiamento. Eu nunca havia deixado minha alma livre, e me havia organizado depressa em pessoa porque é arriscado demais perder-se a forma. Mas vejo agora o que na verdade me acontecia: eu tinha tão pouca fé que havia inventado apenas o futuro, eu acreditava tão pouco no que existe que adiava a atualidade para uma promessa e para um futuro.

Mas descubro que não é sequer necessário ter esperança.

É muito mais grave. Ah, sei que estou de novo mexendo no perigoso e que deveria calar-me para mim mesma. Não se deve dizer que a esperança não é necessária, pois isto poderia vir a se transformar, já que sou fraca, em arma destruidora. E para ti mesmo, em arma utilitária de destruição.

Eu poderia não entender e tu poderias não entender que prescindir da esperança – na verdade significa ação, e hoje. Não, não é destruidor, espera, deixa eu nos entender. Trata-se de assunto proibido não porque é ruim mas porque nós nos arriscamos.

Sei que se eu abandonar o que foi uma vida toda organizada pela esperança, sei que abandonar tudo isso – em prol dessa coisa mais ampla que é estar vivo – abandonar tudo isso dói como separar-se de um filho ainda não nascido. A esperança é um filho ainda não nascido, só prometido, e isso machuca.

Mas sei que ao mesmo tempo quero e não quero mais me conter. É como na agonia da morte: alguma coisa na morte quer se libertar e tem ao mesmo tempo medo de largar a segurança do corpo. Sei que é perigoso falar na falta de esperança, mas ouve – está havendo em mim uma alquimia profunda, e foi no fogo do inferno que ela se forjou. E isso me dá o direito maior: o de errar.

Escuta sem susto e sem sofrimento: o neutro do Deus é tão grande e vital que eu, não aguentando a célula do Deus, eu a tinha humanizado. Sei que é horrivelmente perigoso descobrir agora que o Deus tem a força do impessoal – porque sei, oh eu sei! que é como se isso significasse a destruição do pedido!

E é como se o futuro parasse de vir a existir. E nós não podemos, nós somos carentes.

Mas ouve um instante: não estou falando do futuro, estou falando de uma atualidade permanente. E isto quer dizer que a esperança não existe porque ela não é mais um futuro adiado, é hoje. Porque o Deus não promete. Ele é muito maior que isso: Ele é, e nunca para de ser. Somos nós que não aguentamos esta luz sempre atual, e então a prometemos para depois, somente para não senti-la hoje mesmo e já. O presente é a face hoje do Deus. O horror é que sabemos que é em vida mesmo que vemos Deus. É com os olhos abertos mesmo que vemos Deus. E se adio a face da realidade para depois de minha morte – é por astúcia, porque prefiro estar morta na hora de vê-Lo e assim penso que não O verei realmente, assim como só tenho coragem de verdadeiramente sonhar quando estou dormindo.

Sei que o que estou sentindo é grave e pode me destruir. Porque – porque é como se eu estivesse me dando a notícia de que o reino dos céus já é.

E eu não quero o reino dos céus, eu não o quero, só aguento a sua promessa! A notícia que estou recebendo de mim mesma me soa cataclísmica, e de novo perto do demoníaco. Mas é só por medo. É medo. Pois prescindir da esperança significa que eu tenho que passar a viver, e não apenas a me prometer a vida. E este é o maior susto que eu posso ter. Antes eu esperava. Mas o Deus é hoje: seu reino já começou.

E seu reino, meu amor, também é deste mundo. Eu não tinha coragem de deixar de ser uma promessa, e eu me prometia, assim como um adulto que não tem coragem de ver que já é adulto e continua a se prometer a maturidade.

E eis que eu estava sabendo que a promessa divina de vida já está se cumprindo, e que sempre se cumpriu. Anteriormente, só de vez em quando, eu era lembrada, numa visão instantânea e logo afastada, de que a promessa não é somente para o futuro, é ontem e é permanentemente hoje: mas isso me era chocante. Eu preferia continuar pedindo, sem ter a coragem de já ter.

E eu tenho. Eu sempre terei. É só precisar, que eu tenho. Precisar não acaba nunca pois precisar é a inerência de meu neutro. Aquilo que eu fizer do pedido e da carência – esta será a vida que terei feito de minha vida. Não se colocar em face da esperança não é a destruição do pedido! e não é abster-se da carência. Ah, é aumentá-la, é aumentar infinitamente o pedido que nasce da carência.

umentar infinitamente o pedido que nasce da carência.

Não é para nós que o leite da vaca brota, mas nós o bebemos. A flor não foi feita para ser olhada por nós nem para que sintamos o seu cheiro, e nós a olhamos e cheiramos. A Via Láctea não existe para que saibamos da existência dela, mas nós sabemos. E nós sabemos Deus. E o que precisamos Dele, extraímos. (Não sei o que chamo de Deus, mas assim pode ser chamado.) Se só sabemos muito pouco de Deus, é porque precisamos pouco: só temos Dele o que fatalmente nos basta, só temos de Deus o que cabe em nós. (A nostalgia não é do Deus que nos falta, é a nostalgia de nós mesmos que não somos bastante; sentimos falta de nossa grandeza impossível – minha atualidade inalcançável é o meu paraíso perdido.)

Sofremos por ter tão pouca fome, embora nossa pequena fome já dê para sentirmos uma profunda falta do prazer que teríamos se fôssemos de fome maior. O leite a gente só bebe o quanto basta ao corpo, e da flor só vemos até onde vão os olhos e a sua saciedade rasa. Quanto mais precisarmos, mais Deus existe. Quanto mais pudermos, mais Deus teremos.

Ele deixa. (Ele não nasceu para nós, nem nós nascemos para Ele, nós e Ele somos ao mesmo tempo.) Ele está ininterruptamente ocupado em ser, assim como todas as coisas estão sendo, mas Ele não impede que a gente se junte a Ele e, com Ele, fique ocupado em ser, numa intertroca tão fluida e constante – como a de viver. Ele, por exemplo, Ele nos usa totalmente porque não há nada em cada um de nós de que Ele, cuja necessidade é absolutamente infinita, não precise. Ele nos usa e não impede que a gente faça uso Dele. O minério que está na terra não é responsável por não ser usado.

Nós somos muito atrasados e não temos ideia de como aproveitar Deus numa intertroca – como se ainda não tivéssemos descoberto que o leite se bebe. Daí a alguns séculos ou daí a alguns minutos talvez digamos espantados: e dizer que Deus sempre esteve! quem esteve pouco fui eu – assim como diríamos do petróleo de que a gente finalmente precisou a ponto de saber como tirá-lo da terra, assim como um dia lamentaremos os que morreram de câncer sem usar o remédio que está. Certamente ainda não precisamos não morrer de câncer. Tudo está. (Talvez seres de outro planeta já saibam das coisas e vivam numa intertroca para eles natural; para nós, por enquanto, a intertroca seria "santidade" e perturbaria completamente a nossa vida.)

O leite da vaca, nós o bebemos. E se a vaca não deixa, usamos de violência. (Na vida e na morte tudo é lícito, viver é sempre questão de vida-e-morte.) Com Deus a gente também pode abrir caminho pela violência. Ele mesmo, quando precisa mais especialmente de um de nós, Ele nos escolhe e nos violenta.

Só que minha violência para com Deus tem que ser comigo mesma. Tenho que me violentar para precisar mais. Para que eu me torne tão desesperadamente maior que eu fique vazia e necessitada. Assim terei tocado na raiz do precisar. O grande vazio em mim será o meu lugar de existir; minha pobreza extrema será uma grande vontade. Tenho que me violentar até não ter nada, e precisar de tudo; quando eu precisar, então eu terei, porque sei que é de justiça dar mais a quem pede mais, minha exigência é o meu tamanho, meu vazio é a minha medida. Também se pode violentar Deus diretamente, através de um amor cheio de raiva.

E Ele compreenderá que essa nossa avidez colérica e assassina é na verdade a nossa cólera sagrada e vital, a nossa tentativa de violentação de nós mesmos, a tentativa de comer mais do que podemos para aumentarmos artificialmente a nossa fome – na exigência de vida tudo é lícito, mesmo o artificial, e o artificial é às vezes o grande sacrifício que se faz para se ter o essencial.

Mas, já que somos pouco e portanto só precisamos de pouco, por que então não nos basta o pouco? É que adivinhamos o prazer. Como cegos que tateiam, nós pressentimos o intenso prazer de viver.

E se pressentimos, é também porque nós nos sentimos inquietamente usados por Deus, sentimos inquietantemente que estamos sendo usados com um prazer intenso e ininterrupto – aliás a nossa salvação por enquanto tem sido a de pelo menos sermos usados, não somos inúteis, somos intensamente aproveitados por Deus; corpo e alma e vida são para isso: para a intertroca e o êxtase de alguém. Inquietos, sentimos que estamos sendo usados a cada instante – mas isso acorda em nós o inquietante desejo de também usar.

E Ele não só deixa, como necessita ser usado, ser usado é um modo de ser compreendido. (Em todas as religiões Deus exige ser amado.) Para termos, falta-nos apenas precisar. Precisar é sempre o momento supremo. Assim como a mais arriscada alegria entre um homem e uma mulher vem quando a grandeza de precisar é tanta que se sente em agonia e espanto: sem ti eu não poderia viver. A revelação do amor é uma revelação de carência – bem-aventurados os pobres de espírito porque deles é o dilacerante reino da vida.

Se abandono a esperança, estou celebrando a minha carência, e esta é a maior gravidade do viver. E, porque assumi a minha falta, então a vida está à mão. Muitos foram os que abandonaram tudo o que tinham, e foram em busca da fome maior.

Ah, perdi a timidez: Deus já é. Nós já fomos anunciados, e foi a minha própria vida errada quem me anunciou para a certa. A beatitude é o prazer contínuo da coisa, o processo da coisa é feito de prazer e de contato com aquilo de que se precisa gradualmente mais. Toda a minha luta fraudulenta vinha de eu não querer assumir a promessa que se cumpre: eu não queria a realidade.

Pois ser real é assumir a própria promessa: assumir a própria inocência e retomar o gosto do qual nunca se teve consciência: o gosto do vivo.

 gosto do vivo.

Que é um gosto quase nulo. E isso porque as coisas são muito delicadas. Ah, as tentativas de experimentar a hóstia.

A coisa é tão delicada que eu me espanto de que ela chegue a ser visível. E há coisas ainda tão mais delicadas que estas não são visíveis. Mas todas elas têm uma delicadeza equivalente ao que significa para o nosso corpo ter o rosto: a sensibilização do corpo que é um rosto humano. A coisa tem uma sensibilização dela própria como um rosto.

Ah, e eu que não sabia como consubstanciar a minha "alma". Ela não é imaterial, ela é do mais delicado material de coisa. Ela é coisa, só não consigo é consubstanciá-la em grossura visível.

Ah, meu amor, as coisas são muito delicadas. A gente pisa nelas com uma pata humana demais, com sentimentos demais. Só a delicadeza da inocência ou só a delicadeza dos iniciados é que sente o seu gosto quase nulo. Eu antes precisava de tempero para tudo, e era assim que eu pulava por cima da coisa e sentia o gosto do tempero.

Eu não podia sentir o gosto da batata, pois a batata é quase a matéria da terra; a batata é tão delicada que – por minha incapacidade de viver no plano de delicadeza do gosto apenas terroso da batata – eu punha minha pata humana em cima dela e quebrava a sua delicadeza de coisa viva. Porque o material vivo é muito inocente.

E a minha própria inocência? Ela me dói. Porque também sei que, em plano somente humano, inocência é ter a crueldade que a barata tem consigo própria ao estar lentamente morrendo sem dor; ultrapassar a dor é a pior crueldade. E eu tenho medo disso, eu que sou extremamente moral. Mas agora sei que tenho de ter uma coragem muito maior: a de ter uma outra moral, tão isenta que eu mesma não a entenda e que me assuste.

– Ah, lembrei-me de ti, que és o mais antigo na minha memória. Revejo-te unindo os fios elétricos para consertar a tomada de luz, cuidando do polo positivo e negativo, e tratando as coisas com delicadeza.

Eu não sabia que aprendi tanto contigo. Que aprendi contigo? Aprendi a olhar uma pessoa trançando fios elétricos. Aprendi a ver-te uma vez consertar uma cadeira quebrada. Tua energia física era a tua energia mais delicada.

– Tu eras a pessoa mais antiga que eu jamais conheci. Eras a monotonia de meu amor eterno, e eu não sabia. Eu tinha por ti o tédio que sinto nos feriados. O que era? era como a água escorrendo numa fonte de pedra, e os anos demarcados na lisura da pedra, o musgo entreaberto pelo fio d'água correndo, e a nuvem no alto, e o homem amado repousando, e o amor parado, era feriado, e o silêncio no voo dos mosquitos. E o presente disponível. E minha libertação lentamente entediada, a fartura, a fartura do corpo que não pede e não precisa.

Eu não sabia ver que aquilo era amor delicado. E me parecia o tédio. Era na verdade o tédio. Era uma procura de alguém para brincar, o desejo de aprofundar o ar, de entrar em contato mais profundo com o ar, o ar que não é para ser aprofundado, que foi destinado a ficar assim mesmo suspenso.

Não sei, lembro-me de que era feriado. Ah, como então eu queria a dor: ela me distrairia daquele grande vácuo divino que eu tinha contigo. Eu, a deusa repousando; tu, no Olimpo. O grande bocejo da felicidade? A distância se seguindo a distância, e a outra distância e mais outra – a fartura de espaço que o feriado tem. Aquele desenrolar-se de calma energia, que eu nem entendia. Aquele beijo já sem sede na testa distraída do homem amado repousando, o beijo pensativo no homem já amado. Era feriado nacional. As bandeiras hasteadas.

Mas a noite caindo. E eu não suportava a transformação lenta de algo que lentamente se transforma no mesmo algo, apenas acrescentado de mais uma gota idêntica de tempo. Lembro-me que eu te disse:

– Estou com um pouquinho de enjoo de estômago – disse eu respirando com alguma saciedade. – Que faremos hoje de noite?

– Nada – respondeste tão mais sábio que eu –, nada, é feriado – disse o homem que era delicado com as coisas e com o tempo.

O tédio profundo – como um grande amor – nos unia. E na manhã seguinte, de manhã bem cedo, o mundo se me dava. As asas das coisas estavam abertas, ia fazer calor de tarde, já se sentia pelo suor fresco daquelas coisas que haviam passado a noite morna, como num hospital em que os doentes ainda amanhecem vivos.

Mas tudo isso era fino demais para a minha pata humana. E eu, eu queria a beleza.

Mas agora tenho uma moral que prescinde da beleza. Terei que dar com saudade adeus à beleza. Beleza me era um engodo suave, era o modo como eu, fraca e respeitosa, enfeitava a coisa para poder tolerar-lhe o núcleo.

Mas agora meu mundo é o da coisa que eu antes chamaria de feia ou monótona – e que já não me é feia nem monótona. Passei pelo roer a terra e pelo comer o chão, e passei por ter orgia nisso, e por sentir com horror moral que a terra roída por mim também sentia prazer. Minha orgia na verdade vinha de meu puritanismo: o prazer me ofendia, e da ofensa eu fazia prazer maior. No entanto este meu mundo de agora, eu antes o teria chamado de violento.

Porque é violenta a ausência de gosto da água, é violenta a ausência de cor de um pedaço de vidro. Uma violência que é tão mais violenta porque é neutra.

Meu mundo hoje está cru, é um mundo de uma grande dificuldade vital. Pois, mais do que a um astro, eu hoje quero a raiz grossa e preta dos astros, quero a fonte que sempre parece suja, e é suja, e que é sempre incompreensível.

É com dor que dou adeus mesmo à beleza de uma criança – quero o adulto que é mais primitivo e feio e mais seco e mais difícil, e que se tornou uma criança-semente que não se quebra com os dentes.

Ah, e quero ver se também já posso prescindir de cavalo bebendo água, o que é tão bonito. Também não quero a minha sensibilidade porque ela faz bonito; e poderei prescindir do céu se movendo em nuvens? e da flor? não quero o amor bonito. Não quero a meia-luz, não quero a cara benfeita, não quero o expressivo. Quero o inexpressivo. Quero o inumano dentro da pessoa; não, não é perigoso, pois de qualquer modo a pessoa é humana, não é preciso lutar por isso: querer ser humano me soa bonito demais.

Quero o material das coisas. A humanidade está ensopada de humanização, como se fosse preciso; e essa falsa humanização impede o homem e impede a sua humanidade. Existe uma coisa que é mais ampla, mais surda, mais funda, menos boa, menos ruim, menos bonita. Embora também essa coisa corra o perigo de, em nossas mãos grossas, vir a se transformar em "pureza", nossas mãos que são grossas e cheias de palavras.

ossas mãos que são grossas e cheias de palavras.

– Aguenta eu te dizer que Deus não é bonito. E isto porque Ele não é nem um resultado nem uma conclusão, e tudo o que a gente acha bonito é às vezes apenas porque já está concluído. Mas o que hoje é feio será daqui a séculos visto como beleza, porque terá completado um de seus movimentos.

Eu não quero mais o movimento completado que na verdade nunca se completa, e nós é que por desejo completamos; não quero mais usufruir da facilidade de gostar de uma coisa só porque, estando ela aparentemente completada, não me assusta mais, e então é falsamente minha – eu, devoradora que era das belezas.

Não quero a beleza, quero a identidade. A beleza seria um acréscimo, e agora vou ter que dispensá-la. O mundo não tem intenção de beleza, e isto antes me teria chocado: no mundo não existe nenhum plano estético, nem mesmo o plano estético da bondade, e isto antes me chocaria. A coisa é muito mais que isto. O Deus é maior que a bondade com a sua beleza.

Ah, despedir-se disso tudo significa tal grande desilusão. Mas é na desilusão que se cumpre a promessa, através da desilusão, através da dor é que se cumpre a promessa, e é por isso que antes se precisa passar pelo inferno: até que se vê que há um modo muito mais profundo de amar, e esse modo prescinde do acréscimo da beleza. Deus é o que existe, e todos os contraditórios são dentro do Deus, e por isso não O contradizem.

Ah, em mim toda está doendo largar o que me era o mundo. Largar é uma atitude tão áspera e agressiva que a pessoa que abrisse a boca para falar em largar deveria ser presa e mantida incomunicável – eu mesma prefiro me considerar temporariamente fora de mim, a ter a coragem de achar que tudo isso é uma verdade.

– Dá-me a tua mão, não me abandones, juro que também eu não queria: eu também vivia bem, eu era uma mulher de quem se poderia dizer "vida e amores de G.H.". Não posso pôr em palavras qual era o sistema, mas eu vivia num sistema. Era como se eu me organizasse dentro do fato de ter dor de estômago porque, se eu não a tivesse mais, também perderia a maravilhosa esperança de me livrar um dia da dor de estômago: minha vida antiga me era necessária porque era exatamente o seu mal que me fazia usufruir da imaginação de uma esperança que, sem essa vida que eu levava, eu não conheceria.

E agora estou arriscando toda uma esperança acomodada, em prol de uma realidade tão maior que cubro os olhos com o braço por não poder encarar de frente uma esperança que se cumpre tão já – e mesmo antes de eu morrer! Tão antes de eu morrer. Também eu me queimo nesta descoberta: a de que existe uma moral em que a beleza é de uma grande superficialidade medrosa. Agora aquilo que me apela e me chama é o neutro. Não tenho palavras para exprimir, e falo então em neutro. Tenho apenas esse êxtase, que também não é mais o que chamávamos de êxtase, pois não é culminância. Mas esse êxtase sem culminância exprime o neutro de que falo.

Ah, falar comigo e contigo está sendo mudo. Falar com o Deus é o que de mais mudo existe. Falar com as coisas, é mudo. Eu sei que isso te soa triste, e a mim também, pois ainda estou viciada pelo condimento da palavra. E é por isso que a mudez está me doendo como uma destituição.

Mas eu sei que devo me destituir: o contato com a coisa tem que ser um murmúrio, e para falar com o Deus devo juntar sílabas desconexas. Minha carência vinha de que eu perdera o lado inumano – fui expulsa do paraíso quando me tornei humana. E a verdadeira prece é o mudo oratório inumano.

Não, não tenho que subir através da prece: tenho que, ingurgitada, tornar-me um nada vibrante. O que falo com Deus tem que não fazer sentido! Se fizer sentido é porque erro.

Ah, não me descompreendas: não estou tirando nada de ti. Estou é exigindo de ti. Sei que parece que estou tirando a tua e a minha humanidade. Mas é o oposto: estou querendo é viver daquilo inicial e primordial que exatamente fez com que certas coisas chegassem ao ponto de aspirar a serem humanas. Estou querendo que eu viva da parte humana mais difícil: que eu viva do germe do amor neutro, pois foi dessa fonte que começou a nascer aquilo que depois foi se distorcendo em sentimentações a tal ponto que o núcleo ficou sufocado pelo acréscimo de riqueza e esmagado em nós mesmos pela pata humana. É um amor muito maior que estou exigindo de mim – é uma vida tão maior que não tem sequer beleza.

Estou tendo essa coragem dura que me dói como a carne que se transforma em parto.

Mas não. Eu ainda não contei tudo.

Não que só falte o que vou agora contar. Falta muito mais a esse meu relato a mim mesma: falta, por exemplo, pai e mãe; ainda não tive a coragem de honrá-los; faltam tantas humilhações por que passei, e que omito porque só são humilhados os que não são humildes, e em vez de humilhação então eu deveria falar na minha falta de humildade; e a humildade é muito mais que um sentimento, é a realidade vista pelo mínimo bom senso.

Falta muito a contar. Mas há alguma coisa que será indispensável dizer.

(De uma coisa eu sei: se chegar ao fim deste relato, irei, não amanhã, mas hoje mesmo, comer e dançar no "Top-Bambino", estou precisando danadamente me divertir e me divergir. Usarei, sim, o vestido azul novo, que me emagrece um pouco e me dá cores, telefonarei para Carlos, Josefina, Antônio, não me lembro bem em qual dos dois percebi que me queria ou ambos me queriam, comerei *crevettes ao não importa o quê*", e sei porque comerei *crevettes*, hoje de noite, hoje de noite vai ser a minha vida diária retomada, a de minha alegria comum, precisarei para o resto dos meus dias de minha leve vulgaridade doce e bem-humorada, preciso esquecer, como todo o mundo.)

É que não contei tudo.

é que não contei tudo.

Não contei que, ali sentada e imóvel, eu ainda não parara de olhar com grande nojo, sim, ainda com nojo, a massa branca amarelecida por cima do pardacento da barata. E eu sabia que enquanto eu tivesse nojo, o mundo me escaparia e eu me escaparia. Eu sabia que o erro básico de viver era ter nojo de uma barata. Ter nojo de beijar o leproso era eu errando a primeira vida em mim – pois ter nojo me contradiz, contradiz em mim a minha matéria.

Então aquilo que, por piedade por mim, eu não queria pensar, então eu pensei. Não pude me impedir mais, e pensei o que na verdade já estava pensando.

Agora, por piedade pela mão anônima que prendo à minha, por piedade pelo que essa mão não vai compreender, eu não estou querendo levá-la comigo para o horror aonde ontem fui sozinha.

Pois o que de repente eu soube é que chegara o momento não só de ter entendido que eu não devia mais transcender, mas chegara o instante de realmente não transcender mais. E de ter já o que anteriormente eu pensava que devia ser para amanhã. Estou tentando te poupar, mas não posso.

É que a redenção devia ser na própria coisa. E a redenção na própria coisa seria eu botar na boca a massa branca da barata.

Só à ideia, fechei os olhos com a força de quem tranca os dentes, e tanto apertei os dentes que mais um pouco e eles se quebrariam dentro da boca. Minhas entranhas diziam não, minha massa rejeitava a da barata.

Eu parara de suar, de novo eu toda havia secado. Procurei raciocinar com o meu nojo. Por que teria eu nojo da massa que saía da barata? não bebera eu do branco leite que é líquida massa materna? e ao beber a coisa de que era feita a minha mãe, não havia eu chamado, sem nome, de amor? Mas o raciocínio não me levava a parte alguma, senão a continuar com os dentes crispados como se fossem de carne que se arrepiava.

Eu não podia.

Só haveria um modo de poder: se eu desse a mim mesma um comando hipnótico, e então como que eu me adormeceria e agiria sonambulicamente – e quando abrisse os olhos do sono, já teria "feito", e seria como um pesadelo do qual se acorda livre porque foi dormindo que se viveu o pior.

Mas eu sabia que não era assim que eu deveria fazer. Sabia que teria que comer a massa da barata, mas eu toda comer, e também o meu próprio medo comê-la. Só assim teria o que de repente me pareceu que seria o antipecado: comer a massa da barata é o antipecado, pecado seria a minha pureza fácil.

O antipecado. Mas a que preço.

Ao preço de atravessar uma sensação de morte.

Levantei-me e avancei de um passo, com a determinação não de uma suicida mas de uma assassina de mim mesma.

O suor agora recomeçara, eu estava agora suada da cabeça aos pés, os dedos melados dos pés escorregavam dentro do chinelo, e a raiz de meus cabelos amolecia àquela coisa viscosa que era o meu suor novo, um suor que eu não conhecia e que tinha um cheiro igual ao que sai de uma terra ressecada às primeiras chuvas. Aquele suor profundo era no entanto o que me vivificava, eu estava nadando lenta no meu mais antigo caldo de cultura, o suor era plâncton e pneuma e *pabulum vitae*, eu estava sendo, eu estava me sendo.

Não, meu amor, não era bom como o que se chama bom. Era o que se chama ruim. Muito, muito ruim mesmo. Pois minha raiz, que só agora eu experimentava, tinha gosto de batata-tubérculo, misturada com a terra de onde fora arrancada. No entanto esse gosto ruim tinha uma estranha graça de vida que só posso entender se a sentir de novo e só posso explicar de novo sentindo.

Avancei mais um passo. Mas em vez de ir adiante, de repente vomitei o leite e o pão que havia comido de manhã ao café.

Toda sacudida pelo vômito violento, que não fora sequer precedido pelo aviso de uma náusea, desiludida comigo mesma, espantada com minha falta de força de cumprir o gesto que me parecia ser o único a reunir meu corpo à minha alma.

A despeito de mim, depois de vomitar, eu ficara serena, com a testa refrescada, e fisicamente tranquila.

O que era pior: agora eu ia ter que comer a barata mas sem a ajuda da exaltação anterior, a exaltação que teria agido em mim como uma hipnose; eu havia vomitado a exaltação. E inesperadamente, depois da revolução que é vomitar, eu me sentia fisicamente simples como uma menina. Teria que ser assim, como uma menina que estava sem querer alegre, que eu ia comer a massa da barata.

Então avancei.

Minha alegria e minha vergonha foi ao acordar do desmaio. Não, não fora desmaio. Fora mais uma vertigem, pois que eu continuava de pé, apoiando a mão no guarda-roupa. Uma vertigem que me fizera perder conta dos momentos e do tempo. Mas eu sabia, antes mesmo de pensar, que, enquanto me ausentara na vertigem, "alguma coisa se tinha feito".

Eu não queria pensar mas sabia. Tinha medo de sentir na boca aquilo que estava sentindo, tinha medo de passar a mão pelos lábios e perceber vestígios. E tinha medo de olhar para a barata – que agora devia ter menos massa branca sobre o dorso opaco...

Eu tinha vergonha de me ter tornado vertiginosa e inconsciente para fazer aquilo que nunca mais eu ia saber como tinha feito – pois antes de fazê-lo eu havia tirado de mim a participação. Eu não tinha querido "saber".

Era assim então que se processava? "Não saber" – era assim então que o mais profundo acontecia? alguma coisa teria sempre, sempre, que estar aparentemente morta para que o vivo se processasse? eu tivera que não saber que estava viva? O segredo de jamais se escapar da vida maior era o de viver como um sonâmbulo?

Ou viver como um sonâmbulo era o maior ato de confiança? o de fechar os olhos em vertigem, e jamais saber o que se fez.

Como uma transcendência. Transcendência, que é a lembrança do passado ou do presente ou do futuro. A transcendência era em mim o único modo como eu podia alcançar a coisa? Pois mesmo ao ter comido da barata, eu fizera por transcender o próprio ato de comê-la. E agora só me restava a vaga lembrança de um horror, só me ficara a ideia.

Até que a lembrança ficou tão forte que meu corpo gritou todo em si mesmo.

Crispei minhas unhas na parede: eu sentia agora o nojento na minha boca, e então comecei a cuspir, a cuspir furiosamente aquele gosto de coisa alguma, gosto de um nada que no entanto me parecia quase adocicado como o de certas pétalas de flor, gosto de mim mesma – eu cuspia a mim mesma, sem chegar jamais ao ponto de sentir que enfim tivesse cuspido minha alma toda. "— — — porque não és nem frio nem quente, porque és morno, eu te vomitarei da minha boca", era Apocalipse segundo são João, e a frase que devia se referir a outras coisas das quais eu já não me lembrava mais, a frase me veio do fundo da memória, servindo para o insípido do que eu comera – e eu cuspia.

O que era difícil: pois a coisa neutra é extremamente enérgica, eu cuspia e ela continuava eu.

Só parei na minha fúria quando compreendi com surpresa que estava desfazendo tudo o que laboriosamente havia feito, quando compreendi que estava me renegando. E que, ai de mim, eu não estava à altura senão de minha própria vida.

Parei espantada, e meus olhos se encheram de lágrimas que só ardiam e não corriam. Acho que eu não me julgava sequer digna de que lágrimas corressem, faltava-me a primeira piedade por mim, a que permite chorar, e nas pupilas eu retinha em ardor as lágrimas que me salgavam e que eu não merecia que escorressem.

Mas, mesmo não escorrendo, as lágrimas de tal modo me serviam de companheiras e de tal modo me banhavam de comiseração, que fui abaixando uma cabeça consolada. E, como quem volta de uma viagem, voltei a me sentar quieta na cama.

Eu que pensara que a maior prova de transmutação de mim em mim mesma seria botar na boca a massa branca da barata. E que assim me aproximaria do... divino? do que é real? O divino para mim é o real.

O divino para mim é o real.

Mas beijar um leproso não é bondade sequer. É autorrealidade, é autovida – mesmo que isso também signifique a salvação do leproso. Mas é antes a própria salvação. O benefício maior do santo é para com ele mesmo, o que não importa: pois quando ele atinge a grande própria largueza, milhares de pessoas ficam alargadas pela sua largueza e dela vivem, e ele ama tanto os outros assim como ama o seu próprio terrível alargamento, ele ama seu alargamento com impiedade por si mesmo. O santo quer se purificar porque sente a necessidade de amar o neutro? de amar o que não é acréscimo, e de prescindir do bom e do bonito. A grande bondade do santo – é que para ele tudo é igual. O santo se queima até chegar ao amor do neutro. Ele precisa disso para ele próprio.

Entendi então que, de qualquer modo, viver é uma grande bondade para com os outros. Basta viver, e por si mesmo isto resulta na grande bondade. Quem vive totalmente está vivendo para os outros, quem vive a própria largueza está fazendo uma dádiva, mesmo que sua vida se passe dentro da incomunicabilidade de uma cela. Viver é dádiva tão grande que milhares de pessoas se beneficiam com cada vida vivida.

– Dói em ti que a bondade do Deus seja neutramente contínua e continuamente neutra? Mas o que eu antes queria como milagre, o que eu chamava de milagre, era na verdade um desejo de descontinuidade e de interrupção, o desejo de uma anomalia: eu chamava de milagre exatamente o momento em que o verdadeiro milagre contínuo do processo se interrompia. Mas a bondade neutra do Deus é ainda mais apelável do que se não fosse neutra: é só ir e ter, é só pedir e ter.

E também o milagre se pede, e se tem, pois a continuidade tem interstícios que não a descontinuam, o milagre é a nota que fica entre duas notas de música, é o número que fica entre o número um e o número dois. É só precisar e ter. A fé – é saber que se pode ir e comer o milagre. A fome, esta é que é em si mesma a fé – e ter necessidade é a minha garantia de que sempre me será dado. A necessidade é o meu guia.

Não. Eu não precisava ter tido a coragem de comer a massa da barata. Pois me faltava a humildade dos santos: eu havia dado ao ato de comê-la um sentido de "máximo". Mas a vida é dividida em qualidades e espécies, e a lei é que a barata só será amada e comida por outra barata; e que uma mulher, na hora do amor por um homem, essa mulher está vivendo a sua própria espécie. Entendi que eu já havia feito o equivalente de viver a massa da barata – pois a lei é que eu viva com a matéria de uma pessoa e não de uma barata.

Entendi que, botando na minha boca a massa da barata, eu não estava me despojando como os santos se despojam, mas estava de novo querendo o acréscimo. O acréscimo é mais fácil de amar.

E agora não estou tomando tua mão para mim. Sou eu quem está te dando a mão.

Agora preciso de tua mão, não para que eu não tenha medo, mas para que tu não tenhas medo. Sei que acreditar em tudo isso será, no começo, a tua grande solidão. Mas chegará o instante em que me darás a mão, não mais por solidão, mas como eu agora: por amor. Como eu, não terás medo de agregar-te à extrema doçura enérgica do Deus. Solidão é ter apenas o destino humano.

E solidão é não precisar. Não precisar deixa um homem muito só, todo só. Ah, precisar não isola a pessoa, a coisa precisa da coisa: basta ver o pinto andando para ver que seu destino será aquilo que a carência fizer dele, seu destino é juntar-se como gotas de mercúrio a outras gotas de mercúrio, mesmo que, como cada gota de mercúrio, ele tenha em si próprio uma existência toda completa e redonda.

Ah, meu amor, não tenhas medo da carência: ela é o nosso destino maior. O amor é tão mais fatal do que eu havia pensado, o amor é tão inerente quanto a própria carência, e nós somos garantidos por uma necessidade que se renovará continuamente. O amor já está, está sempre. Falta apenas o golpe da graça – que se chama paixão.

Falta apenas o golpe da graça – que se chama paixão.

O que estou sentindo agora é uma alegria. Através da barata viva estou entendendo que também eu sou o que é vivo. Ser vivo é um estágio muito alto, é alguma coisa que só agora alcancei. É um tal alto equilíbrio instável que sei que não vou poder ficar sabendo desse equilíbrio por muito tempo – a graça da paixão é curta.

Quem sabe, ser homem, como nós, é apenas uma sensibilização especial a que chamamos de "ter humanidade". Oh, também eu receio perder essa sensibilização. Até agora eu tinha chamado de vida a minha sensibilidade à vida. Mas estar vivo é outra coisa.

Estar vivo é uma grossa indiferença irradiante. Estar vivo é inatingível pela mais fina sensibilidade. Estar vivo é inumano – a meditação mais profunda é aquela tão vazia que um sorriso se exala como de uma matéria. E ainda mais delicada serei, e como estado mais permanente. Estou falando da morte? estou falando de depois da morte? Não sei. Sinto que "não humano" é uma grande realidade, e que isso não significa "desumano", pelo contrário: o não humano é o centro irradiante de um amor neutro em ondas hertzianas.

Se minha vida se transformar em ela-mesma, o que hoje chamo de sensibilidade não existirá – será chamado de indiferença. Mas ainda não posso apreender esse modo. É como se daqui a centenas de milhares de anos finalmente nós não formos mais o que sentirmos e pensarmos: teremos o que mais se assemelha a uma "atitude" do que a uma ideia. Seremos a matéria viva se manifestando diretamente, desconhecendo palavra, ultrapassando o pensar que é sempre grotesco.

E não caminharei "de pensamento a pensamento", mas de atitude a atitude. Seremos inumanos – como a mais alta conquista do homem. Ser é ser além do humano. Ser homem não dá certo, ser homem tem sido um constrangimento. O desconhecido nos aguarda, mas sinto que esse desconhecido é uma totalização e será a verdadeira humanização pela qual ansiamos. Estou falando da morte? não, da vida. Não é um estado de felicidade, é um estado de contato.

Ah, não penses que tudo isso me nauseia, acho inclusive tão chato que me torna impaciente. É que se parece com o paraíso, onde nem sequer posso imaginar o que eu faria, pois só posso me imaginar pensando e sentindo, dois atributos de se ser, e não consigo me imaginar apenas sendo, e prescindindo do resto. Apenas ser – isso me daria uma falta enorme do que fazer.

Ao mesmo tempo eu também estava um pouco desconfiada.

É que, assim como antes eu me tinha apavorado com a entrada naquilo que poderia vir a ser o desespero, agora eu desconfiava de estar de novo transcendendo as coisas...

Estaria eu alargando demais a coisa para exatamente ultrapassar a barata e o pedaço de ferro e o pedaço de vidro? Acho que não.

Pois eu nem reduzia a esperança a um simples resultado de construção e contrafação, nem negava que existe pelo que esperar. Nem tirara a promessa: estava apenas sentindo, com um esforço enorme, que a esperança e a promessa se cumprem a cada instante. E isso era aterrador, eu sempre tive medo de ser fulminada pela realização, eu sempre havia pensado que a realização é um final – e não contara com a necessidade sempre nascente.

E também porque tinha medo, por não poder suportar a glória simples, de torná-la mais um dos acréscimos. Mas eu sei – eu sei – que há uma experiência de glória na qual a vida tem o puríssimo gosto do nada, e que em glória eu a sinto vazia. Quando se realiza o viver, pergunta-se: mas era só isto? E a resposta é: não é só isto, é exatamente isto.

Só que ainda preciso tomar cuidado para não fazer disto mais do que isto, pois senão já não será mais isto. A essência é de uma insipidez pungente. Será preciso "purificar-me" muito mais para inclusive não querer o acréscimo dos acontecimentos. Antigamente purificar-me significaria uma crueldade contra o que eu chamava de beleza, e contra o que eu chamava de "eu", sem saber que "eu" era um acréscimo de mim.

Mas agora, através de meu mais difícil espanto – estou enfim caminhando em direção ao caminho inverso. Caminho em direção à destruição do que construí, caminho para a despersonalização.

Tenho avidez pelo mundo, tenho desejos fortes e definidos, hoje de noite irei dançar e comer, não usarei o vestido azul, mas o preto e branco. Mas ao mesmo tempo não preciso de nada. Não preciso sequer que uma árvore exista. Eu sei agora de um modo que prescinde de tudo – e também de amor, de natureza, de objetos. Um modo que prescinde de mim. Embora, quanto a meus desejos, a minhas paixões, a meu contato com uma árvore – eles continuem sendo para mim como uma boca comendo.

A despersonalização como a destituição do individual inútil – a perda de tudo o que se possa perder e, ainda assim, ser. Pouco a pouco tirar de si, com um esforço tão atento que não se sente a dor, tirar de si, como quem se livra da própria pele, as características. Tudo o que me caracteriza é apenas o modo como sou mais facilmente visível aos outros e como termino sendo superficialmente reconhecível por mim. Assim como houve o momento em que vi que a barata é a barata de todas as baratas, assim quero de mim mesma encontrar em mim a mulher de todas as mulheres.

A despersonalização como a grande objetivação de si mesmo. A maior exteriorização a que se chega. Quem se atinge pela despersonalização reconhecerá o outro sob qualquer disfarce: o primeiro passo em relação ao outro é achar em si mesmo o homem de todos os homens. Toda mulher é a mulher de todas as mulheres, todo homem é o homem de todos os homens, e cada um deles poderia se apresentar onde quer que se julgue o homem. Mas apenas em imanência, porque só alguns atingem o ponto de, em nós, se reconhecerem. E então, pela simples presença da existência deles, revelarem a nossa.

Aquilo de que se vive – e por não ter nome só a mudez pronuncia – é disso que me aproximo através da grande largueza de deixar de me ser. Não porque eu então encontre o nome do nome e torne concreto o impalpável – mas porque designo o impalpável como impalpável, e então o sopro recrudesce como na chama de uma vela.

A gradual deseroização de si mesmo é o verdadeiro trabalho que se labora sob o aparente trabalho, a vida é uma missão secreta. Tão secreta é a verdadeira vida que nem a mim, que morro dela, me pode ser confiada a senha, morro sem saber de quê. E o segredo é tal que, somente se a missão chegar a se cumprir é que, por um relance, percebo que nasci incumbida – toda vida é uma missão secreta.

A deseroização de mim mesma está minando subterraneamente o meu edifício, cumprindo-se à minha revelia como uma vocação ignorada. Até que me seja enfim revelado que a vida em mim não tem o meu nome.

E eu também não tenho nome, e este é o meu nome. E porque me despersonalizo a ponto de não ter o meu nome, respondo cada vez que alguém disser: eu.

A deseroização é o grande fracasso de uma vida. Nem todos chegam a fracassar porque é tão trabalhoso, é preciso antes subir penosamente até enfim atingir a altura de poder cair – só posso alcançar a despersonalidade da mudez se eu antes tiver construído toda uma voz. Minhas civilizações eram necessárias para que eu subisse a ponto de ter de onde descer. É exatamente através do malogro da voz que se vai pela primeira vez ouvir a própria mudez e a dos outros e a das coisas, e aceitá-la como a possível linguagem. Só então minha natureza é aceita, aceita com o seu suplício espantado, onde a dor não é alguma coisa que nos acontece, mas o que somos. E é aceita a nossa condição como a única possível, já que ela é o que existe, e não outra.

E já que vivê-la é a nossa paixão. A condição humana é a paixão de Cristo.

Ah, mas para se chegar à mudez, que grande esforço da voz. Minha voz é o modo como vou buscar a realidade; a realidade, antes de minha linguagem, existe como um pensamento que não se pensa, mas por fatalidade fui e sou impelida a precisar saber o que o pensamento pensa. A realidade antecede a voz que a procura, mas como a terra antecede a árvore, mas como o mundo antecede o homem, mas como o mar antecede a visão do mar, a vida antecede o amor, a matéria do corpo antecede o corpo, e por sua vez a linguagem um dia terá antecedido a posse do silêncio.

Eu tenho à medida que designo – e este é o esplendor de se ter uma linguagem. Mas eu tenho muito mais à medida que não consigo designar. A realidade é a matéria-prima, a linguagem é o modo como vou buscá-la – e como não acho. Mas é do buscar e não achar que nasce o que eu não conhecia, e que instantaneamente reconheço. A linguagem é o meu esforço humano. Por destino tenho que ir buscar e por destino volto com as mãos vazias. Mas – volto com o indizível. O indizível só me poderá ser dado através do fracasso de minha linguagem. Só quando falha a construção, é que obtenho o que ela não conseguiu.

E é inútil procurar encurtar caminho e querer começar já sabendo que a voz diz pouco, já começando por ser despessoal. Pois existe a trajetória, e a trajetória não é apenas um modo de ir. A trajetória somos nós mesmos. Em matéria de viver, nunca se pode chegar antes. A via-crúcis não é um descaminho, é a passagem única, não se chega senão através dela e com ela. A insistência é o nosso esforço, a desistência é o prêmio. A este só se chega quando se experimentou o poder de construir, e, apesar do gosto de poder, prefere-

-se a desistência. A desistência tem que ser uma escolha. Desistir é a escolha mais sagrada de uma vida. Desistir é o verdadeiro instante humano. E só esta, é a glória própria de minha condição.

A desistência é uma revelação.

a desistência é uma revelação.

Desisto, e terei sido a pessoa humana – é só no pior de minha condição que esta é assumida como o meu destino. Existir exige de mim o grande sacrifício de não ter força, desisto, e eis que na mão fraca o mundo cabe. Desisto, e para a minha pobreza humana abre-se a única alegria que me é dado ter, a alegria humana. Sei disso, e estremeço – viver me deixa tão impressionada, viver me tira o sono.

Chego à altura de poder cair, escolho, estremeço e desisto, e, finalmente me votando à minha queda, despessoal, sem voz própria, finalmente sem mim – eis que tudo o que não tenho é que é meu. Desisto e quanto menos sou mais vivo, quanto mais perco o meu nome mais me chamam, minha única missão secreta é a minha condição, desisto e quanto mais ignoro a senha mais cumpro o segredo, quanto menos sei mais a doçura do abismo é o meu destino. E então eu adoro.

Com as mãos quietamente cruzadas no regaço, eu estava tendo um sentimento de tenra alegria tímida. Era um quase nada, assim como quando a brisa faz estremecer um fio de capim. Era quase nada, mas eu conseguia perceber o ínfimo movimento de minha timidez. Não sei, mas eu me aproximava com angustiada idolatria de alguma coisa, e com a delicadeza de quem tem medo. Eu estava me aproximando da coisa mais forte que já me aconteceu.

Mais forte que esperança, mais forte que amor?

Eu me aproximava do que acho que era – confiança. Talvez seja este o nome. Ou não importa: também poderia dar outro.

Senti que meu rosto em pudor sorria. Ou talvez não sorrisse, não sei. Eu confiava.

Em mim? no mundo? no Deus? na barata? Não sei. Talvez confiar não seja em quê ou em quem. Talvez eu agora soubesse que eu mesma jamais estaria à altura da vida, mas que minha vida estava à altura da vida. Eu não alcançaria jamais a minha raiz, mas minha raiz existia. Timidamente eu me deixava transpassar por uma doçura que me encabulava sem me constranger.

Oh Deus, eu me sentia batizada pelo mundo. Eu botara na boca a matéria de uma barata, e enfim realizara o ato ínfimo.

Não o ato máximo, como antes eu pensara, não o heroísmo e a santidade. Mas enfim o ato ínfimo que sempre me havia faltado. Eu sempre fora incapaz do ato ínfimo. E com o ato ínfimo, eu me havia deseroizado. Eu, que havia vivido do meio do caminho, dera enfim o primeiro passo de seu começo.

Enfim, enfim quebrara-se realmente o meu invólucro, e sem limite eu era. Por não ser, eu era. Até o fim daquilo que eu não era, eu era. O que não sou eu, eu sou. Tudo estará em mim, se eu não for; pois "eu" é apenas um dos espasmos instantâneos do mundo. Minha vida não tem sentido apenas humano, é muito maior – é tão maior que, em relação ao humano, não tem sentido. Da organização geral que era maior que eu, eu só havia até então percebido os fragmentos. Mas agora, eu era muito menos que humana – e só realizaria o meu destino especificamente humano se me entregasse, como estava me entregando, ao que já não era eu, ao que já é inumano.

E entregando-me com a confiança de pertencer ao desconhecido. Pois só posso rezar ao que não conheço. E só posso amar à evidência desconhecida das coisas, e só posso me agregar ao que desconheço. Só esta é que é uma entrega real.

E tal entrega é o único ultrapassamento que não me exclui. Eu estava agora tão maior que já não me via mais. Tão grande como uma paisagem ao longe. Eu era ao longe. Mas perceptível nas minhas mais últimas montanhas e nos meus mais remotos rios: a atualidade simultânea não me assustava mais, e na mais última extremidade de mim eu podia enfim sorrir sem nem ao menos sorrir. Enfim eu me estendia para além de minha sensibilidade.

O mundo independia de mim – esta era a confiança a que eu tinha chegado: o mundo independia de mim, e não estou entendendo o que estou dizendo, nunca! nunca mais compreenderei o que eu disser. Pois como poderia eu dizer sem que a palavra mentisse por mim? como poderei dizer senão timidamente assim: a vida se me é. A vida se me é, e eu não entendo o que digo. E então adoro.— — — — — —

# POSFÁCIO
## O I-MUNDO DO MUNDO

*Para Nádia Gotlib e Zé Miguel Wisnik.*
*Fruto da matéria mais viva de nossos encontros.*

O fim do romance.
O fim de uma paixão.
O fim da literatura. O fim do próprio fim.

A sentença do fim, diagnóstico da narrativa moderna, inaugura na personagem G.H. um tempo novo, onde o próprio tempo e espaço estão fora de si, fora das leis e da ordem, fora do campo do mundo, fora de nós. A experiência da paixão como elemento transgressor torna insustentável a antiga ordenação do sujeito, transformando o relato em um círculo descontínuo de uma busca por *si mesma* em meio a estilhaços, silêncios, intervalos, galopes, giros, sair de si, voltar a si.

O retrato, riscado a carvão na pele do quarto branco da empregada, expõe fissuras sociais, vereditos morais, civilizações, mas o relato avança liberando fluxos, que evocam, pouco a pouco, fragmentos que nos remetem a uma carta cifrada.

Uma carta de amor?

Uma carta de despedida do mundo?

Toda paixão é uma cerimônia de adeus.

Enquanto apaixonados, estamos em plena queda para o alto, e neste campo gravitacional ainda sem nome, está em jogo a liberação radical do Ser – seu corpo e sua linguagem. A queda é a medida justa, poética, capaz de liberar G.H. das armadilhas de sua própria pirâmide, erguida sobre acidentes (faz séculos) com a cumplicidade de seus pares. O fruto da queda é vida, escritura. Bordada com sacrifício, cicatrizes, desdobrando-se depois sobre si mesma, a escrita inaugura um equilíbrio reflexivo que caminha sobre a lâmina do mundo, afiado gume, que insiste em girar sustentado por aparências.

Iluminada pelo amanhã que invade a mesa do café, a narrativa se desnuda, se procura e, mesmo retornando com as mãos vazias de sempre, cresce em necessidade, sobrevindo como argila rigorosa. Não estar no mundo, pertencer ao desastre, aciona sua linguagem poderosa. Cada passo para dentro de seu labirinto é como um fio do novelo que a personagem desenrola em direção ao reencontro consigo mesma, sua cartografia indizível, devota do silêncio. Mas nada é inacessível ao silêncio. Como em um ritual, o silêncio nos diz que a escritura foi quem restou entre os escombros da queda. A escritura não é apenas sobrevivência. Muito além, a escritura é uma maneira de morrer, de morrer para si mesma. E assim, renascida como em uma metamorfose, G.H. se transforma em nós – ou somos nós que nos transformamos em G.H.? Pouco importa, a linguagem demoníaca já cumpriu seu serviço, iludindo ambas as partes, a experiência e o sujeito: "A vida se me é."

G.H. torna-se uma aliada para aqueles que pertencem ao desastre, todos nós, que em algum momento de nossas vidas nos desencontramos de nós mesmos – ou de um outro alguém –, apenas nós, aqueles que se viram sem saída, amparando-se em construções que repentinamente desmoronam.

Faz tempo li em algum lugar que Joyce, o grande escritor de *Ulisses*, era amigo de Jung – o igualmente grande psicanalista. Joyce tinha uma filha que se encontrava internada em uma clínica para tratamento psicológico. Joyce perguntou ao amigo: "Minha filha escreve textos parecidos com os meus. Por que ela está internada e eu não?" Jung respondeu: "No mesmo mar que vocês se banham, você nada de braçadas e ela afunda!"

A imagem de um mesmo mar, único a todos nós, nosso mar, habitado por estranhas criaturas abissais, ilumina a feitura de *A paixão segundo G.H.* As mesmas palavras que dizem tanto para alguns, naufragam insuportáveis para outros. A humanidade então se dividiria entre aqueles que suportam e aqueles que não suportam? O que emerge do mar de G.H. é estar no mundo tendo perdido o próprio mundo. Em geral pertencemos ao sentido do mundo e das coisas, vivendo uma vida dentro do mundo, uma vida aparentemente possível. De repente, o golpe da graça – que se chama Paixão – nos rapta, nos exila de nós mesmos, nos arremessando ao infinito.

A queda, nosso autorretrato, revela que o Ser é um desaparecimento. Em contraposição a Aristóteles, que diz que "tudo que é tende a permanecer", Clarice nos sopra que "tudo que é tende a desaparecer". G.H. nos conta a morte da mediação com o mundo. De dentro do desaparecimento do *eu*, submerso, náufrago que nunca mais alcançará as leis da antiga superfície – "pois como eu poderia dizer sem que a palavra mentisse por mim?" – surge o ato imediato; ou seja, uma imanência tão radical como a Paixão. Não há transcendência. Habitamos este tempo trágico que é a eternidade do *instante-já*. Transcendência e redenção serão eliminadas para que se fique dentro daquilo que é, dentro da Paixão.

No dia anterior, G.H. "no couro das valises, réplica perfeita", refém da cultura patriarcal do mundo, caminhou em direção ao quarto de empregada "que devia estar imundo, na sua dupla função de dormida e depósito de trapos". A partir daqui a visualidade se bifurca, incorporando elementos de uma densa reflexão social. Aquilo que nos é visível refere-se ao tempo histórico: a arquitetura demarcando o contraste entre os ambientes meticulosamente decorados da sala de G.H., em contraposição ao áspero vazio da área de serviço e do quarto da empregada, redesenhando a senzala nos dias de hoje, a contínua história da escravidão.

No interior da caverna desabada, o imundo do mundo. Não demorou muito para que surgisse do sarcófago a bela metáfora. Ei-la! Habitante ancestral da senzala contemporânea: invisíveis, dizimadas em suas dores. Eram assassinatos arqueológicos, morrerão as baratas de agora e sempre, amém! Vivas ou mortas pela cintura, aquelas que jazem em pó, fósseis, caladas, aquelas que ainda na primavera nasceriam, ovos ou óvulos, e ainda pequenas (certa manhã) caminhariam apoiando-se aos cantos dos rodapés, impedidas nas fronteiras, entre portas e portais, aos olhos dos outros, aos lares dos outros, ao alimento dos outros, copos, pratos e talheres, aos sorrisos dos outros – ou não. Observando sempre a distância permitida, atravessam avenidas, arriscando-se aos jardins, uniformizadas – ou não. Anestesiadas, perdidas, dispensadas, desempregadas, assediadas, negras – ou não. Mas a retina da realidade é quem nos mostra sua verdadeira face de mãe dolorosa. É o sentimento do real quem dá nome à barata: Janair!

Em paralelo, o invisível, refere-se ao tempo mítico, sobrenatural: mitologias da criação do mundo, ancestralidades, arqueologia das imagens. Ao adentrarmos a caverna de Janair, nos deparamos com a história das imagens sendo reescrita pela mão da própria imagem. No choque entre o visível e o invisível, o carvão de Janair surge como elemento contestador. A inscrição é a contestação máxima, não permitida, insurgência radical, revirando de ponta-cabeça a representação sólida de G.H., seu tripé, sua pirâmide.

O inesperado mural deflagra em G.H. aquela que será, finalmente, a lição maior deixada por Janair: a revolução *em si*. Até então, à patroa e seus pares bastavam-lhes "um passo antes do clímax, um passo antes do amor, um passo antes da revolução"; onde antes o "pré-amor era tão mais feliz que o amor", agora, revirada por Janair, a história questiona o presente. Não é mais G.H. quem olha seu retrato a carvão, mas, ao avesso, é o próprio carvão (matéria alquímica, presença poderosa de Janair) que observa G.H., fazendo daquela mulher seu próprio duplo e, a um só tempo, refém de seu invólucro.

Em um país em desequilíbrio social como o Brasil, viver significa agir. E Janair agiu. Inscreveu-se na escritura. Inevitavelmente, a história das civilizações começou a ser reerguida, indo além da própria história. O carvão, impossível de qualquer apagamento, traço espiritual de Janair, convocou desabamentos, noites úmidas, folhas e folhas, fantasmas de pedra, o sexo do mármore.

Quando a poeira baixou, sobre o corpo de G.H. nos foi dado ler: "Toda mulher é a mulher de todas as mulheres."

Livre dos cabrestos sociais e morais que a aprisionavam, restou esta carta imunda – mergulho amoroso no corpo do outro – antes interditada, agora liberada de si mesma e entregue a nós. Que fazer? Julgada e condenada, coube-nos decifrar nosso próprio hieróglifo: G.H. é imunda como toda paixão é imunda. Imunda de alegria – ela disse! Foi quando a fábula moral se incendiou diante de nossos próprios olhos, face a face, repousando aqui amparada entre nossas próprias mãos, em plena comunhão com a via crucis de nossa existência.

Seria este o fim?

Como saberemos se a carta chegara ao fim? Algo está pronto quando atinge o outro? Que outro? O outro somos nós? Eu?

Ou algo nunca estará pronto? Seria assim tão necessário que nossa carta encontrasse seu fim? Nada termina. Como esculturas da personagem que habitam seus inúmeros duplos infinitos, habitamos nossa própria luta para continuarmos vivos. Vivos e em companhia de nossa despersonalização diária.

Como te explicar?

No instante seguinte à leitura, sim, experiência ainda em queda livre, buscando pela mão invisível, aqui estamos nós, perplexos, intrigados com nosso próprio reflexo flagrado nas entrelinhas da escritura, como uma escultora diante de sua esfinge, mas também diante de um novo alguém, uma vida maior, irremediavelmente capaz, através de sua arte, de existir dentro do mar imenso do mundo, reconhecendo em nossa própria travessia a intensidade máxima, ofuscante, branca, infinita, que nos cega e faz ver, como o olhar incessante de um recém-nascido. A alegria de criar e ser criado pelo mundo é um estado de confiança. Deus!

— LUIZ FERNANDO CARVALHO

*Este livro, publicado em nova edição no quadro das comemorações do centenário de nascimento de Clarice Lispector, foi impresso com as fontes Didot e Akzidenz Grotesk.*